KB267891

Lord of
MAGIC
TOWER

마탑의 영주

FUSION FANTASTIC STORY

유왕 퓨전 판타지 소설

마탑의 영주 1

유왕 퓨전 판타지 소설

초판 1쇄 찍은 날 § 2012년 5월 7일
초판 1쇄 펴낸 날 § 2012년 5월 14일

지은이 § 유왕
펴낸이 § 서경석

편집부장 § 권태완
편집책임 § 어정원
디자인 § 이혜정

펴낸곳 § 도서출판 청어람
등록번호 § 제1081-1-89호
등록일자 § 1999. 5. 31
어람번호 § 제1-1381호

주소 § 경기도 부천시 원미구 심곡2동 163-2 서경B/D 3F (우) 420—822
전화 § 032-656-4452 팩스 § 032-656-4453
http://www.chungeoram.com
E-mail § chungeoram@chungeoram.com

ⓒ 유왕, 2012

ISBN 978-89-251-2861-0 04810
ISBN 978-89-251-2860-3 (세트)

Lord of MAGIC TOWER

마탑의 영주

FUSION FANTASTIC STORY

유왕 퓨전 판타지 소설

CONTENTS

프롤로그

공허한 눈으로 한 청년이 우뚝 서 있다.

아래로 시선을 내린 청년의 눈에 보이는 것은 무리를 이룬 몬스터들의 시체였다.

인간 냄새를 맡고 달려든 오크 무리부터, 몬스터의 피 냄새를 맡고 달려온 놀과 오우거, 트롤까지.

수많은 몬스터의 시체를 보며 머리를 벅벅 긁적인 청년이 중얼거렸다.

"아, 힘드네."

훅, 하고 한숨을 짧게 내쉰 청년은 문득 자신의 손바닥을 바라봤다.

화륵―

손 위에서 작은 불이 치솟았다.

피식 미소를 지은 청년이 시체가 가득한 지금과 어울리지 않는 푸른 하늘을 올려다봤다.

"마법이 사라졌다고? 누가 그래?"

밟고 있던 오우거의 시체 위에서 내려오며 청년이 말을 이었다.

"내가 여기 살아 있는데."

청년의 중얼거림이 낮고 고요하게 울려 퍼졌다.

Chapter 01
마의 숲의 마법사

마탑의 영주

양옆으로 나무가 우거진 좌우가 긴 길이었다.

달빛이 전부인 가운데 수가 그리 많지 않은 한 무리가 그 사이를 지나가고 있었다.

"기분 나쁜 곳이군."

말을 타고 가장 앞서 길을 가고 있던 청년이 좌우 숲을 둘러보며 말했다.

어둠 속이라 얼굴은 자세히 보이지 않았다. 무리는 단지 어둠에 익숙해진 눈으로 앞서 걸어가는 동료의 뒤를 따라가는 것뿐이었다.

"카르 도련님, 그냥 이쯤에서 해가 뜰 때까지 잠시 쉬어가는 것이 어떤지요?"

　카르라고 불린 청년의 옆을 따라오던 한 남자가 물었다. 말을 멈출까 잠시 고민하던 카르는 고개를 저었다.

　"안 돼. 바삐 영지로 돌아가야 한다. 한시를 다투는 일이야."

　"증원 요청이라고는 하지만 사실 그렇게 위급한 것은 아닙니다. 더군다나 이런 밤길을 가다 보면 이탈자가 생길 수도 있고 자칫 길을 잃을지도 모르는 일 아닙니까? 병사들도 지쳐 있고요."

　카르가 속해 있는 크란 왕국과 이웃 왕국 간의 전쟁은 팽팽했다. 하지만 얼마 전부터 카르가 있던 전선의 상황이 급격히 나빠지기 시작했다.

　결국 카르의 아버지는 카르를 통해 영지에 증원 요청을 보내는 중이었다. 전선의 상황이 좋지 못하기에 호위하는 병사의 수도 그리 많지 않았다. 호위기사는 한 명밖에 없었다.

　남자의 설득에 카르는 다시 한 번 갈등했다.

　확실히 자신은 말을 타고 있어서 괜찮다지만 병사들은 그렇지 못했다. 또한 앞이 제대로 보이지 않은 밤길을 가는 것은 말에게나 사람에게나 고된 일이었다.

　결국 카르는 결정을 내렸다.

　"알았다. 그럼 여기서 잠시 쉬어가도록 하지."

　카르는 말의 고삐를 움켜쥐었다. 앞서 가던 말이 정지하자 뒤따라오던 남자가 소리쳤다.

　"정지! 여기서 잠시 쉬어간다!"

남자의 외침에 병사들이 걸음을 멈추었다. 어둠 속이라 보이지는 않지만 병사들은 저마다 고된 행군이 끝났다는 생각에 안도의 표정이다.

얼마 안 가 근처에 떨어져 있는 땔감을 주워온 병사들이 불을 붙여 모닥불을 만들었다. 쌀쌀한 밤중의 날씨에 얼어 있던 병사들은 하나둘 따뜻한 온기를 찾아 모닥불 근처로 모여들었다.

병사들은 능숙하게 야영지를 만들기 시작했다. 간소하게나마 천막을 세워 밤바람을 피할 자리를 만들고, 이어서 저마다 지급받은 육포 따위를 모닥불에 구워 허기를 채우기 시작했다.

방금 전까지 말을 타고 있던 청년 카르 또한 어느새 만들어진 모닥불 옆에 앉아 있었다. 불빛에 드러난 카르의 얼굴은 아직 앳되어 보였다.

기다란 나뭇가지로 모닥불을 들썩이는 카르의 옆으로 방금 전 잠시 쉬어갈 것을 요청하던 남자가 다가왔다.

"잠시라도 쉬시는 편이 좋습니다."

남자는 비교적 가벼운 체인 메일을 입고 있었다. 다른 병사들과는 다른 질 좋은 갑옷이나 말투로 볼 때 기사인 모양이다.

기사가 자신의 옆에 털썩 앉자 카르가 말했다.

"잠이 오지 않아."

"억지로라도 쉬시는 편이 좋습니다."

"이상한 느낌이 들어."

　모닥불을 빤히 바라보며 카르가 눈을 감자 기사는 안쓰러운 표정으로 청년을 위로했다.

“영주님은 괜찮으실 겁니다.”

“그런 느낌이 아니야.”

카르가 느끼는 것은 불안감이 아니었다.

자신도 무어라 말하기 모호한 느낌이었다.

“그럼요?”

“나도 몰라.”

카르는 고개를 들어 하늘을 올려다보았다. 하늘에는 동그란 달과 함께 이름 모를 별들이 수놓아져 있었다.

　‘뭐지?’

카르는 그 상태로 고개를 조금 돌려 왼쪽 숲을 바라봤다.

나무가 우거진 숲이다. 아마 저곳으로 들어가면 하늘에 떠 있는 달이나 별도 보이지 않을 것이다.

아주 자그마한 빛도 없는 기분 나쁜 그런 숲.

더군다나 절대로 들어가선 안 되는 곳이기도 했다. 저 숲은 금지. 이곳을 지나 영지로 돌아가겠다고 했을 때 아버지께서 하신 당부가 생각났다.

“숲에 가까이 가지 마라. 그곳은 누구라도 가까이해선 안 되는 금역이다.”

이유는 숲에 들어가서 살아 돌아온 이가 없기 때문이다. 그

때문에 숲에 관련된 설은 무수히 많았다.

누구는 몬스터가 살아가는 지옥이라고 하고, 또 다른 누군가는 들어서는 순간 길을 찾지 못하는 미로라고도 한다. 누구의 이야기가 맞는지는 모르나 한 가지 확실한 것은 아버지의 말처럼 가까이해선 안 된다는 것이다.

'저곳에는 뭐가 있을까?'

절대로 해선 안 될 궁금증이었다.

하지만 자석처럼 자신을 끌어당기는 느낌에 카르는 잠시 자리에서 일어났다. 아주 잠깐만, 조금만 더 가까이 가서 지켜볼 요령이었다.

그때였다.

"으악!"

외마디 비명 소리에 카르는 소리가 들려온 쪽으로 고개를 돌렸다. 보니 모닥불 옆에서 막 잠을 청하려던 병사가 쓰러져 있었다.

"누구냐!"

병사의 비명에 기사가 허리춤에서 검을 빼 들며 주변을 경계했다. 카르 역시 긴장된 표정으로 뻣뻣한 목을 돌리며 주변을 살폈다.

아무것도 보이지 않았다.

방금 전까지 아름다웠던 밤하늘도 칠흑처럼 어두워 보였다. 혹시 모를 습격자인가 하는 두려움에 달밤의 쌀쌀한 날씨에도 식은땀이 났다.

휘익— 퍽!

갑자기 날아든 덩어리 같은 것이 모닥불 위로 떨어지더니 금세 불이 사그라들었다.

어둠 너머에서 암습을 시도하는 이들이 불을 꺼뜨린 것이다.

잔뜩 긴장된 기색으로 주변을 살피고 있던 카르는 섬뜩한 느낌에 몸을 날렸다.

슉— 팍—!

날카로운 물체가 허공을 가르는 소리였다. 끝에서는 맨땅에 무언가 박히는 소리도 들렸다.

느낌이지만 작은 단검 같은 것이 자신에게 날아왔던 모양이다.

"소영주님!"

소리를 들은 기사가 카르에게 달려왔다. 카르는 침을 꿀꺽 삼키며 기사에게 물었다.

"이, 이게 무슨 일이지?"

"저도 잘 모르겠습니다. 어떤 녀석들이 저희를 노리는 것인지……."

기사의 대답은 낮고 조용했다. 혹여나 습격자들이 자신들의 대화를 들을까 우려되었다.

"설마 적국의 병사인가?"

"평범한 병사라고 하기엔 너무 은밀합니다. 전문 교육을 받은 암살자 같습니다."

암살자라는 말에 카르는 눈을 크게 떴다.

'케로나인가……'

범인의 흉수로 생각되는 사람은 그녀 한 사람뿐이었다. 카르의 계모이자 호시탐탐 영주의 자리를 탐하는 여인. 별다른 일이 없다면 카르가 영주가 되는 이상 케로나는 언제고 일을 벌일 것이다. 독한 케로나의 성품이라면 암살자를 고용하고도 남았다.

카르는 이를 악물며 혹시 모를 암습에 대비해 허리춤에 차고 있던 검의 손잡이를 향해 손을 뻗었다.

"크악!"

또다시 비명 소리가 들려왔다. 그리 많지 않은 병사들이 하나둘씩 죽어가고 있었다.

챙─!

바로 옆에서 들려온 금속음에 카르는 고개를 돌렸다. 자신에게 날아오는 암기를 기사가 검으로 쳐낸 것이다.

"도망갑시다."

기사가 검을 바로잡으며 말했다.

그 말에 검으로 가져가던 카르의 손이 멈췄다.

"어디로?"

"어디든 상관없습니다. 도련님이 먼저 달리시면 곧장 뒤를 따라가겠습니다. 영지로 돌아갈 때까지 보필하겠습니다."

기사는 카르의 등에 자신의 등을 맞대었다. 언제 어디서 날아들지 모르는 암기를 경계하는 듯했다.

대부분의 병사들은 우왕좌왕하다가 암기에 맞거나 검에 찔려 죽어가고 있었다. 그나마 정신을 차린 병사들이 몇 있었지만, 암살자의 수준이 높은지 병사들은 암살자의 위치조차 파악하지 못했다.

"도련님."

기사의 목소리는 어두웠다.

"도망갈 수 있는 방법은 하나입니다."

말을 하던 도중 기사가 몸을 움직였다.

빠르게 검을 휘둘러 기사는 어둠 속에서 카르에게 날아오는 암기를 쳐냈다.

챙─! 푸욱─!

"큭."

"괜찮아?"

소리로 보건대 암기에 맞은 듯했다. 날아오는 암기는 한 자루가 아니었던 것이다.

"숲으로… 도망가십시오."

기사의 말에 카르는 이를 악물었다.

"그거나 이거나 결과는 같아 보이는데?"

"지금… 당장 죽는 것보다는 낫지 않습니까? 크윽."

기사는 허벅지에 박힌 암기를 잡았다. 꽤나 깊히 박혔는지 뽑기가 힘들었다. 결국 기사는 암기의 손잡이를 부러뜨려 바닥에 내팽개쳤다.

카르는 기사가 몸에 박힌 암기를 제거하고 있다는 것을 알아차렸다. 하지만 그 곳에 허벅지라는 것은 알지 못했다.

기사는 더 이상 달리기 힘들었다.

"가십시오. 어서!"

카르는 잠시 망설였다.

"제발!"

기사의 마지막 외침에 카르는 뜀박질을 시작했다.

카르를 향해 암기가 몇 자루 더 날아왔다. 암살자답게 모습을 드러낼 생각은 없는 모양이다.

카르는 날카로운 물체가 공기를 가르는 소리가 들리자 곧장 몸을 날려 땅을 뒹굴었다. 하지만 모두 피하기는 힘들었던 모양이다.

푹—

"크윽!"

날카로운 비수가 어깨를 꿰뚫자 카르는 고통에 찬 신음을 흘렸다. 하지만 카르는 이를 앙다물며 다시 달리기 시작했다.

숲 바로 옆길을 가고 있었던지라 나무들이 우거진 숲에는 금방 가까워졌다. 암살자들은 혹여나 카르를 놓칠까 우려했는지 그제야 모습을 드러냈다.

"나왔구나!"

기사가 고통을 이겨내며 암살자들에게 달려들었다. 목숨 따위는 포기할 생각이었다. 대신 카르만큼은 어떻게든 살려보낼 생각이다.

"쳇."

카르의 앞으로 두 명의 암살자가 가로막았다. 이를 본 기사는 자신의 검을 휘둘렀지만 암살자들은 가볍게 몸을 비켜 이를 피했다.

슈슉—

대신 암기가 날아들었다. 암살자는 둘 만이 아니었다. 아직 몸을 숨기고 있는 암살자가 더 남아 있었다.

"크읍."

기사의 등에 두 자루의 암기가 박혔다. 거기에 이어 다른 한쪽 허벅지와 오른쪽 어깨로 연달아 암기가 날아들었다.

대신 카르는 이미 숲으로 들어서고 있었다. 기사 외에 카르에게도 암기를 몇 자루 던졌지만, 카르 또한 어느 정도 검을 익힌 터라 어렵지 않게 암기를 피해냈다.

"놓쳤군."

암살자는 차가운 바닥에 쓰러진 기사를 바라봤다. 아직까지 숨은 붙어 있었다.

"죽은 거나 마찬가지지."

옆에 있던 다른 암살자가 말했다. 그에 기사의 몸에 박힌 암기를 만지작거리던 암살자가 말했다.

"그렇군."

콰득—

암살자는 뽑은 암기를 기사의 심장에 다시 박아 넣었다. 붙어 있던 숨통이 단번에 꺼졌다.

암살자는 기사의 시신을 바라봤다.

어차피 도망친 대상이야 죽을 것이 확실했다. 마의 숲으로 들어갔으니, 살아 돌아올 리가 만무했다.

결정을 내린 암살자의 신형이 아래로 꺼졌다.

"철수한다."

*   *   *

"허억— 허억—"

카르는 숨이 턱 밑까지 차올라도 달리고 또 달렸다. 기사가 애써 벌어준 시간을 헛되이 할 수는 없었다.

심장이 터질 듯이 아파도, 달리다 다리에 힘이 풀려도 계속 달렸다. 하지만 인간에게는 당연히 정해진 한계가 있듯 카르의 뜀박질이 점차 느려지더니 결국 카르는 나무에 몸을 기대며 쉬기 시작했다.

"하아— 하아—"

너무 뛰었더니 토가 나올 지경이었다. 무엇보다 어깨의 상처로 인한 피해가 너무나 컸다. 힐끔 뒤를 돌아보며 카르가 중얼거렸다.

"따라오지 않는 건가?"

자신이 들어와 있는 곳을 생각해 보면 그럴 수도 있겠다 싶었다. 그들 역시 사람인 이상 이런 장소에 제 발로 들어오고 싶지는 않을 테니까.

이 숲은 금역이다. 사람들에게 떠도는 소문과 전설에 의하면 옛적 이곳에 악마들이 모여 소멸했다고 한다. 실제로 이곳에 들어와 살아 나갔던 사람이 단 하나도 존재하지 않기에 대륙 전체에서 금하는 곳이었다. 이 사실을 아는 이들이라면 누구나 이 안으로 들어올 리 없었다, 하물며 집요한 암살자라 해도.

잠시 쉬어가며 습격자들을 경계하던 카르는 눈을 동그랗게 뜨며 다급하게 말했다.

"하일은?"

하일은 방금 전 카르를 도와준 기사다. 분명 따라오겠다고 해놓고선 아직까지 보이지 않고 있었다.

추측은 두 가지로 나눌 수 있었다.

죽었거나, 따라오지 않거나.

상황을 봐서는 죽었다는 쪽이 더 신빙성이 있다는 판단이 섰다.

"제길!"

입술을 곱씹으며 낮게 욕설을 뱉어봤지만 분은 풀리지 않았다. 마음속으로 암습자를 보낸 케로나를 욕할 뿐이었다.

하긴 살아 있다고 해도 이 어두운 곳에서 자신을 따라올 것이라는 확신은 없었다. 그렇게 실낱같은 기대를 품으며 카르는 계속해서 걸음을 옮겼다.

'방향이 어느 쪽이지?'

워낙 정신없이 달려온 데다 사방이 어두운 터라 방향 감각은 이미 잃은 지 오래였다. 단순히 직진으로 달려온 것 같은데 그도 확신이 잘 서질 않았다.

　카르는 일단 몸을 돌려 자신이 달려온 길을 따라 걸어갔다. 그러다 문득 생각이 났다.

　'마의 숲…….'

　그 이름이 떠오르자 덜컥 두려움이 앞섰다.

　대륙에서 절대 발을 들여놓아서는 안 되는 금지. 몬스터들이 뛰어놀고 오러의 사용이 억류되는 인간의 발이 허용되지 않는 곳.

　카르는 긴장된 기색으로 계속해서 왔던 길을 따라 걸음을 옮겼다.

　사박.

　조용하고 어두운 숲에 카르의 걸음 소리가 울렸다. 생각 외로 몬스터가 없는 곳인가 하는 생각이 들어 시간이 지날수록 긴장이 서서히 풀렸다.

　그때였다.

　쿵—!

　먼발치에서 미세하게 땅이 울리는 소리가 들렸다. 카르는 화들짝 놀라며 숨을 죽였다.

　'뭐지?'

　자신도 모르게 몸을 움츠리며 소리가 들린 방향으로 귀를 기울였다. 머리는 도망가라며 경종을 울렸지만, 몸이 마음대로 따라주지 않았다.

　쿵—!

소리가 좀 더 가까워졌다. 다리가 떨어지지 않아 카르는 검을 향해 손을 가져갔다.

곧 한쪽에 있던 풀무더기를 헤치고 거대한 인영이 모습을 드러냈다.

—우어어.

괴상한 울음소리를 내며 어둠 속에서 살며시 모습을 드러낸 괴이한 형상의 거구.

카르는 자신을 향해 천천히 다가오는 거구를 보며 검을 뽑았다.

'몬스터!'

어두워서 자세한 생김새는 보이지 않았다. 하지만 은은한 달빛에 비춰진 형상은 몽둥이를 들고 있는 거대한 그림자를 보여주고 있었다.

거구는 카르 앞으로 다가왔다.

검을 쥔 손아귀에 땀이 차올랐다.

손에 들린 거대한 몽둥이를 위로 치켜들며 몬스터가 다시 울었다.

—우어어!!

숲이 떠나가라 크게 울음을 터뜨린 몬스터의 공격을 막기 위해 카르가 검을 들어 올렸다.

"흐아압!"

눈을 질끈 감으며 몬스터의 몽둥이를 막으려 할 때였다.

그때, 갑작스레 아래로 찍어 내려오던 몬스터의 몽둥이가 허공에서 멈췄다.

손에서 느껴져야 할 충격이 느껴지지 않자 카르는 천천히 감았던 눈을 떴다.

곧 눈앞에 벌어진 광경을 확인한 카르가 놀란 표정을 지었다.

"어?"

몬스터의 몽둥이가 허공에서 멈추었다.

갑자기 나타난 환한 불빛에 드러난 몬스터의 우악스러운 몸집과 굵직한 몽둥이, 그리고 몽둥이를 멈춘 사람의 손.

카르의 시선이 몽둥이를 막아낸 사람의 얼굴로 향했다.

'노인?'

얼굴에 잔주름이 있는 것으로 보아 나이가 꽤 든 노인이었다. 카르는 의문스러운 표정으로 몬스터와 노인을 번갈아봤다.

그러다 시선이 노인의 다른 손 위에 떠 있는 불로 향했다. 밝게 타오르는 불이 어두운 주변을 환하게 밝히고 있었다.

곧 노인이 몬스터를 올려다보며 말했다.

"돌아가려무나."

─그룽.

두 개의 송곳니를 드러내며 낮게 우는 몬스터를 향해 노인이 재차 말했다.

"가거라."

─그르르!

다시 한 번 낮게 울던 몬스터가 몽둥이를 어깨에 올리며 몸을 돌렸다. 그러더니 불빛이 닿지 않는 곳으로 쿵쿵거리며 걸어 들어갔다.

카르는 그 모습을 멍하니 바라보더니 입을 열었다.

“이게 대체…….”

노인의 차분한 말 한마디에 몬스터가 돌아섰다. 마치 사람의 말을 알아먹기라도 한 것처럼.

아니, 사람의 말을 알아먹었다 하더라도 비상식적이었다. 본성이 흉포한 몬스터가 사람의 말을 따른다는 것은 아무리 생각해도 이상했다.

카르가 노인에게 물었다.

“누, 누구십니까?”

이곳은 악마와 몬스터들만 살아가는 마의 숲이다.

방금 본 것처럼 몬스터들이 살아가고 빽빽하게 우거진 나무 탓에 대낮에도 어둠이 걷히지 않는 곳이다. 더군다나 학자들의 검증처럼 마의 숲은 오러를 방해하는 알 수 없는 기운이 휘돌기 때문에 분명 기사는 아닐 터.

무엇보다 이런 위험한 곳에 자신 외에 사람이 있으리라고는 생각하지 못했다.

카르의 물음에 노인이 대답했다.

“괜찮으냐?”

되레 묻는 노인의 물음에 카르가 얼떨떨한 표정으로 대답했다.

"아… 네. 괜찮습니다."

"오우거의 몽둥이를 그런 쇳덩이로 막으려 하는 건 멍청한 짓이다. 저 녀석은 힘이 강해서 피하는 수밖에 없지."

"하지만 노인께서는……."

"난 조금 특이하거든."

노인은 그렇게 말하며 손 위에 있는 불을 눈짓으로 가리켰다. 카르는 노인의 손 위에 떠 있는 불을 보며 흠칫 몸을 떨었다.

"이게 뭡니까?"

장작 따위로 불을 붙인 것도 아니고, 노인의 손을 따라 허공에서 움직이는 불.

상식적으로 생각했을 때 있을 수 없는 일이다. 보통 사람이 불을 만드는 것이나 말 한마디로 몬스터를 물러가게 하는 것이나.

생전처음 보는 광경에 카르는 혼란스러울 수밖에 없었다. 생소한 것을 넘어 해괴하기까지 했다.

그때, 한 가지 떠오르는 것이 있었다.

오래전 책에서 읽은 하나의 물건이다.

아티팩트라는 이름을 가진 물건. 희대의 보물이라는 아티팩트는 때로는 사람을 치유하는 약이 되기도 하고 때로는 사람을 상처 입히는 무기가 되기도 한다. 아티팩트의 경우에는 왕가, 혹은 지체 높은 귀족들이 가보로 가지고 있는 경우도 있었다.

하지만 확실한 것은 아니었다. 아티팩트에 관해서는 흔히 구할 수 있는 책이나 풍문으로 들었을 뿐이다. 아티팩트가 정확히 뭐하는 물건인지, 눈앞의 모습처럼 해괴한 일이 가능한 것인지는 아직 모르는 일이었다.

허공에 떠 있는 불.

이해하기 힘든 광경에 카르는 노인의 대답을 기다렸다.

"이거 말이냐?"

노인은 손을 위로 둥실 올렸다. 그러자 허공에 떠 있는 불이 노인의 손을 따라 위로 올라갔다.

입가에 살며시 미소를 지은 노인이 카르의 물음에 대답했다.

"마법이다."

Chapter 02
돌아온 소영주

마탑의 영주

　페라스 자작령은 그렇게 넓지도 좁지도 않은 영지였다. 굳이 한쪽을 고르자면 자작령 중에선 넓은 편에 속했지만, 영지민의 수는 1만 명 정도로 그렇게 많은 편이 아니었다.

　페라스 영지를 좋다, 나쁘다의 기준으로 나눈다면 나름대로 괜찮은 땅이라고 할 수 있었다. 위치는 중앙보다는 지방에 가깝고, 땅 역시 척박해 식량을 자급자족할 수도 없는 영지였지만 페라스 영지엔 철광산이 있었다.

　이 시대의 철은 돈을 대신할 수 있는 또 다른 화폐와 같았다. 시대는 검과 무력을 숭배하는데, 그에 반해 철광산의 수는 그렇게 많지 않으니 자연스럽게 철의 가격이 치솟았다. 그런 덕에 페라스 자작령은 시골에 가까워서 그렇지 그렇게 가난한 영지는 아니었다. 오히려 그럭저럭 부유한 영지에 속했다. 불과 얼마전까지는.

*　　*　　*

한 청년이 페라스 영지를 거닐고 있었다. 길게 늘어뜨린 흑발과 마찬가지의 검은 눈동자를 가진 준수한 외모의 청년이었다.

걸음을 옮기며 영지 내를 둘러보는 청년의 표정은 내내 좋지 않았다.

"뭐야, 이게?"

청년은 잠시 걸음을 멈추고 찡그린 미간을 툭툭 건드리며 주변을 둘러봤다. 작심하고 맞춰 입기라도 한 듯 사람들의 행색은 허름했고, 통통하게 살이 올라 있는 사람은 한 명도 보이지 않고 시체마냥 앙상한 뼈만 보였다.

표정은 또 어떠한지, 집안에 누가 죽기라도 한 듯, 혹은 당장 내일 죽을 사람처럼 피폐했다.

이곳이 장원인지 아니면 난민촌인지 헷갈릴 정도였다. 실상 이들의 모습은 영지민이라기보다는 빈민이라고 하는 것이 어울렸다.

'얘기를 듣고 대충 예상은 했지만⋯⋯.'

설마 이 정도일 줄이야.

청년은 페라스 자작령까지 오면서 들은 이야기들을 떠올렸다. 단순한 소문일 뿐이지만 근거 없는 소문은 없다고 믿기에 설마 싶었다.

페라스 영지는 몰락하고 있다.

도착해서 보니 혹시나 했던 것이 역시나. 척 보기에도 영지 꼴이 말이 아니었다.

평소보다 조금 빠르게 걸음을 재촉하고 있을 때였다.

"자, 잠깐!"

절규에 가까운 외침에 청년은 반사적으로 떼던 걸음을 멈추고 고개를 돌렸다.

그곳에는 덩치 큰 기사 셋을 쫓아가는 나이 든 중년인이 있었다.

"왜 그래?"

"몰라."

기사들은 중년인을 한 번 흘겨보더니 어깨를 으쓱이며 다시 걸음을 옮겼다. 기사들에게 다가간 중년인이 잠시 눈치를 보더니 말했다.

"저… 술값은……."

"술값? 무슨 술값?"

"맥주 열 잔 값 말입니다. 안주값까지 합쳐서 일 라덴 이십 쿠덴입니다만……."

"아아, 그거?"

기사는 그제야 생각났다는 듯이 손뼉을 짝 치더니 피식 웃
었다.

"얌마, 우리가 니들 보호해 주고 잘살게 도와주는데 그 정도
도 못해? 보호비라고 쳐."

"보, 보호비?"

"그럼 우린 간다."

말도 안 되는 억지를 늘어놓으며 기사가 몸을 돌렸다. 중년
인은 다시 한 번 돈을 받고자 기사들의 앞을 가로막았다.

"도, 돈은 주고 가셔야 합니다."

"이 새끼가?"

중년인과 가장 가까이 있던 기사가 돌연 중년인의 멱살을
잡았다.

기사는 험악한 표정을 지으며 중년인을 몰아붙였다.

"니들이 잘 먹고 잘사는 게 다 누구 덕인데? 우리 덕 아니
야? 엉? 그래 안 그래?"

"그, 그게……."

차마 그렇다고 하지 못하고 우물거리는 중년인을 보며 기사
의 이마에 힘줄이 돋았다. 뒤에 있는 두 명의 기사는 키득거리
며 웃고 있었다.

기사는 뒤에서 들려오는 웃음소리에 따라 웃으며 중년인의
멱을 채며 노려봤다.

"대답은?"

중년인은 눈을 질끈 감았다. 아무리 그래도 차마 그렇다고

대답할 수는 없었다.

그 모습에 기사는 키득 웃으며 주먹을 들었다.

"정신 번쩍 들게 해주지."

그때, 청년이 더는 참지 못하고 기사에게 다가왔다.

"그만하지?"

기사는 입가의 웃음을 지우며 자신에게 다가온 청년을 노려보았다.

"넌 뭐냐?"

"다른 영지에서 온 기사들이냐?"

자신의 물음에 대답하지 않고 반대로 되묻는 청년의 모습에 기사가 짜증스러운 표정을 지었다.

"그런데?"

"기사라는 종자들이 무전취식에 욕설, 폭력이라……. 잘하는 짓이군."

"뭐?"

청년은 들고 있던 짐을 한쪽에 던져놓았다.

손가락을 까닥이며 청년이 짤막하게 말했다.

"덤벼."

"이 새끼가……."

함께 있던 기사 두 명이 청년의 뒤로 다가왔다. 청년의 말은 비단 중년인을 잡고 있는 기사뿐 아니라 자신들 모두를 우롱하고 있는 것이다.

기사는 중년인의 잡고 있던 멱살을 놓고 청년을 노려보았다. 세 명의 기사가 청년을 빙 둘러싸자 중년인은 겁먹은 듯 도망쳤다.

가장 앞에 서 있는 기사가 말했다.

"죽고 싶냐?"

기사가 위협적으로 말하자 청년이 피식 웃었다.

"이건 뭐 건달도 아니고……."

"이 새끼가!"

뒤쪽에 있던 기사가 가장 먼저 화를 참지 못하고 주먹을 휘둘렀다. 청년은 고개를 숙여 주먹을 피하고는 살짝 몸을 뒤로 피했다.

기사는 그런 청년을 집요하게 따라갔다. 몸을 앞으로 날리며 주먹을 휘두르는 기사를 향해 청년의 손이 천천히 다가갔다.

툭—

청년의 손이 기사의 이마를 툭 쳤다.

청년의 얼굴을 향해 뻗어오던 기사의 주먹이 내려갔다.

기사의 몸이 천천히 허물어졌다. 청년는 자신 쪽으로 쓰러지는 기사의 몸을 옆으로 밀쳐냈다.

"이게……."

다른 기사들은 어이없다는 듯이 그 모습을 바라봤다.

분명 주먹을 휘두른 쪽은 동료 기사였다. 청년은 그런 기사를 향해 손을 살짝 뻗은 것뿐이다.

하지만 동료 기사는 그런 청년의 가벼운 손짓에 쓰러졌다.

상식적으로 생각해 봤을 때, 그 정도 손짓에 정신을 잃는 건 말이 안 된다.

결국 타격이 아닌 다른 것으로 쓰러졌다는 말이다. 기사들은 조심스레 청년과 쓰러진 동료 기사를 번갈아봤다.

청년은 손을 털며 천천히 기사들을 향해 다가오며 물었다.

"안 올 거냐?"

그 물음에 기사들은 바짝 긴장을 했다. 이미 동료 기사 한 명이 당했으니 그들로서도 마냥 상대를 경시할 수만은 없었다.

기사들은 조심스레 허리춤에 차고 있던 검을 뽑았다. 그런 그들의 모습에 청년은 눈을 빛냈다.

"그 검, 집어넣는 게 좋아."

"헛소리!"

오른쪽에 서 있던 기사가 검을 날렸다. 청년은 눈을 가늘게 좁히며 날아오는 검을 빤히 바라봤다.

피할 생각을 않는 모습에 검을 날린 기사는 속으로 쾌재를 불렀다. 생각 외로 쉽게 눈앞의 청년을 처리할 수 있겠다는 생각이다.

하지만 그런 기사에게 이변이 일어났다.

캉—

청년의 손이 기사의 검을 막았다.

아무것도 씌우지 않은 맨손으로 말이다.

기사는 그 해괴한 광경에 눈을 부릅떴다.

쩌억—!

기사의 턱을 향해 청년의 주먹이 날아들었다. 맨손으로 검을 막은 사실에 놀라 흠칫하던 기사는 청년의 주먹을 그대로 맞고 날아갔다.

결국 남은 기사는 한 명. 그리고 그 기사 역시 청년을 향해 막 달려들다 동료 기사의 검을 막는 청년을 보며 얼이 빠진 표정을 지었다.

청년은 남은 기사를 향해 시선을 돌렸다.

섬뜩한 시선을 받은 기사는 자신도 모르게 뒤로 한 발 물러나며 말했다.

"이, 이런 짓을 벌이고도 무사히 넘어갈 거라 생각하느냐?"

"내키는 대로 해봐."

청년은 쓰러진 기사의 등 위로 발을 올렸다.

기사는 입술을 곱씹으며 몸을 돌려 영주성을 향해 뛰어갔다.

곧 다른 기사들이 청년을 향해 몰려들었다.

*　　　*　　　*

현 페라스 영지는 영주의 부인인 케로나가 관리하고 있었다.

페라스 자작은 전쟁 도중 죽었고, 그 뒤를 이을 소영주는 실종된 상태였다. 유일한 핏줄은 케로나의 아들 한 명뿐인데, 아직 성년이 되지 못한 그는 영주 작위를 계승할 수 없었다.

결국 페라스 영지를 이끌어 나갈 사람은 영주 부인은 케로나뿐이었다. 케로나는 임시 영주라는 작위를 달고 영주를 대신해 페라스 자작령을 다스렸다. 영주가 없는데다가 영주의 하나 남은 아들은 아직 성인도 채 되지 못했으니 사실상 그녀가 영주나 마찬가지였다.

그렇기에 지금까지 페라스 영지에서 왕처럼 지낼 수 있었다. 하고 싶은 것은 했고, 해야 할 일도 했다. 그녀는 이 영지에서만큼은 여왕이었다.

케로나는 짙은 화장으로 가면을 대신하고 있었다. 표정은 표독스러운 얼굴만큼이나 사납게 일그러져 있었다.

케로나는 영지 장원을 거닐었다. 그런 그녀의 뒤로는 체인메일을 걸친 기사 십수 명이 뒤따라오고 있었다.

"그게 무슨 소리냐?"

그 물음에 앞장서 걷던 기사가 대답했다.

"그게… 다 당하고 있습니다."

"뿔소기사단이 나섰는데도 제압을 못해? 그 정도로 강하단 말이냐?"

"네. 그런데 그자가 영주님을 보겠다고 해서……."

기사가 말끝을 흐리며 몸을 부르르 떨었다. 그 말을 하며 홀로 수많은 기사들을 추풍낙엽처럼 쓰러뜨리는 청년의 모습이 떠오른 것이다.

"당한 사람이 몇이지?"

그때, 옆에 있던 중년 남자가 기사에게 물었다. 호리호리한 몸과 사람 좋아 보이는 외모의 남자는 페라스 자작령의 총관인 파거슨이었다.

"처음에는 다섯 명의 기사면 될 줄 알고 조금씩 몰려갔습니다. 그런데 그것도 당하고… 조금씩 녀석에게 당하다 보니 당한 사람이 벌써 기사단의 반입니다."

뿔소기사단의 반이 당했다는 사실에 파거슨이 놀란 표정을 지었다. 반면, 케로나는 골치 아프다는 표정으로 머리를 싸맸다.

"끙, 그런 자가 우리 영지엔 왜……. 아니지. 방랑기사라면 돈을 주고 초빙 할 수도 있겠군."

기사단 전부가 나서도 제압이 되지 않는 기사라면 분명 큰 힘이 될 터였다. 영지 내에 그런 실력자를 한 명쯤 두는 것도 괜찮았다.

저간의 사정을 들어본 결과, 대충 어떤 일이었는지가 그려졌다. 자신에게 보고하고 있는 기사를 난데없이 괴인이 자신들을 공격했다 하지만, 실상은 기사들이 먼저 시비를 걸었을 것이다.

케로나는 정체불명의 기사가 지금 자신의 영지에서 어떤 일을 벌이든 딱히 신경 쓰지 않았다. 목숨을 잃은 이도, 크게 다친 이도 없는 듯했다. 그렇다면 적당히 말로 구슬리고 돈으로 꾀어서 붙잡아두면 되는 일이다.

머릿속으로 그럴듯한 그림을 그리며 케로나는 입가에 희미한 미소를 그렸다.

　잠시 후, 후드를 눌러쓴 괴인의 모습이 케로나의 눈에 들어왔다. 케로나는 슬쩍 시선을 돌려 괴인의 주변에 쓰러져 있는 기사들을 바라봤다.
　족히 이십은 되는 수였다. 아무래도 자신이 이곳까지 오는 사이에 당한 기사들이 더 늘은 모양이다.
　케로나는 힐끔 기사를 돌아보며 물었다.
　"저 녀석이냐?"
　"네."
　기사의 대답에 케로나는 입술을 잘근 씹으며 괴인이 있는 곳으로 걸어갔다
　괴인은 몸을 돌려 다가오는 케로나를 맞았다.
　"이제 오셨습니까?"
　청년의 맑은 목소리가 후드 속에서 들려왔다. 덤덤한 목소리는 이 많은 기사들을 홀로 때려눕힌 후라고 믿기 힘들 정도다.
　케로나는 이상하게 익숙한 목소리에 고개를 갸웃거렸다. 하지만 이내 괜한 생각이라며 고개를 저었다.
　"이게 어찌 된 일인가?"
　케로나의 목소리는 생각 외로 나긋나긋했다. 질책보다는 마치 달래는 듯했다.
　청년은 후드 속에서 눈을 빛내며 대답했다.

"좋은 말로 기사의 도리를 세우다가 이래 되었습니다."

케로나의 입가에 미소가 번졌다.

"기사의 도리라……. 그것이 뭐지?"

"기사가 아니기에 잘은 모릅니다. 하지만 적어도 약자를 핍박하면 안 된다는 것 정도는 알고 있습니다. 더군다나… 이들은 타지의 기사들이 아닙니까?"

청년은 마지막 말에 힘을 주었다.

마치 왜 타지의 기사들을 들여 놓았느냐고 질책하는 듯한 어투였다.

그 어투에 살짝 기분이 상한 케로나가 방금 전과는 달리 통명스럽게 대답했다.

"그게 뭐 어떻다는 것이지? 타지의 기사들을 영지에 들이든 말든 그건 현 영주 대리인 내가 결정할 일이다. 어디서 온 누구인지는 모르나 네가 함부로 토를 달 문제가 아니다."

자신도 모르게 나온 날카로운 어투에 케로나는 살짝 당황한 표정을 지었다.

나긋나긋, 천천히 눈앞의 청년을 달래야 하는 것을 그만 평소의 까칠한 성격을 억누르지 못했다.

다시금 케로나가 차분한 어조로 입을 열었다.

"하지만 네가 한 일이 정말 그 기사의 도라는 것을 지키기 위해서라면 달리 나무랄 생각은 없다."

"그것 참 다행이군요."

청년은 슬쩍 주변에 모인 기사들을 둘러보았다.

후드 속에 감춰진 눈빛은 결코 곱지 못했다.

단순히 무고한 영지민을 핍박했다는 이유라기엔 짙은 적의마저 담겨진 눈빛이다.

하지만 케로나나 다른 기사들이나 청년이 쓰고 있는 후드 탓에 그러한 눈빛을 보지 못했다.

청년은 기사들에게서 케로나에게로 시선을 돌리며 천천히 쓰고 있던 후드를 벗었다.

청년의 검고 긴 머리가 드러났다.

그리고 동시에 청년은 오른손을 들어 보였다.

황금색으로 반짝이는 반지가 끼워진 손가락을 까닥이며 청년이 말했다.

"이거라면 당신의 결정에 이의를 제기할 수 있겠지요?"

"그건……!"

케로나의 눈이 찢어질 듯 커졌다.

청년의 손가락에 끼워진 반지.

그것은 페라스 자작가의 소영주를 상징하는 반지였다.

"페라스 자작가의 소영주 카르가 돌아왔습니다."

청년이 케로나와 총관, 기사들이 한자리에 모인 이곳에서 선포하듯 말했다.

*　　*　　*

영주성으로 돌아온 카르는 자신이 돌아온 사실을 영주성 사람들에게 대대적으로 알렸다. 대부분이 어리둥절해하는 한편, 카르를 아는 사람은 반기기도 했다.

카르는 어렴풋이 떠오르는 영주성 내부 지도를 따라 자신의 방으로 향했다.

방에 도착한 카르는 잠시 걸음을 멈추었다.

변하지 않은 자신의 방을 보니 아련한 추억이 스치듯 지나갔다.

솔직히 달콤한 기억보다는 쓴 기억이 더 많았다. 어머니는 일찍 돌아가셨고, 계모인 케로나는 항상 자신을 못 잡아먹어서 안달이었다. 동생과도 사이가 썩 좋은 것이 아니고, 아버지는 어찌 그리 무심한지 대화를 나눈 기억 자체가 그리 많지 않았다.

자조 섞인 웃음이 입가를 비집고 흘러나왔다. 쓸데없이 넓은 방에서 홀로 되도 않는 검을 휘두른다고 진을 뺐던 기억이 났다.

동생인 라오와는 달리 검술에 재능이 없는 카르였다. 덕분에 연무장에서 돌아온 후로도 혼자 방 안에서 검을 휘두른 적도 많았다.

하지만 어차피 이미 지나가 버린 한때의 일일 뿐이다.

카르는 천천히 소파를 향해 몸을 뉘었다.

푹신한 소파의 느낌에 카르는 스르륵 눈을 감았다.

"좋다……."

돌아오자마자 한바탕 전쟁을 치른 느낌이다. 돌아온 영지에 너무나 큰 실망감을 느꼈고 동시에 화가 나기도 했다.

영지 상황이 정말 이상하다.

지금은 전쟁 중이라 아버지가 영지에 계시지 않는 것 정도는 알고 있었다. 하지만 아무리 그렇다고 해도 케로나가 이렇게 마음껏 영지를 휘저을 정도는 아니었다.

총관을 비롯해 재정관까지 바뀌었다.

그뿐이라면 이해할 수 있었다.

문제는 그게 아니었다.

'타 영지의 기사들을 끌어들이다니.'

영지 내에서 횡포를 부리던 기사들.

그들은 페라스 자작가의 기사들이 아니었다.

케로나가 타 영지에서 끌어들인 기사들이다. 그녀의 친가인 하라스 자작가의 기사들이었다.

카르는 몸을 바로 세웠다.

이러고 누워 있을 틈이 없다. 지금은 고향으로 돌아온 향수를 만끽할 때가 아니라 영지의 상황을 살필 때였다.

카르는 탁자 위에 올려진 서류 뭉치를 바라봤다.

지난 삼 년간 있었던 일을 기록한 장부다. 그동안 무슨 일이 있었던 것이고, 하라스 자작가의 기사들이 왜 자신의 영지에 분포해 있는지 그 이유를 알아야 했다.

쉬는 시간보다는 그 궁금증을 채우는 것이 먼저였다. 카르는 가장 먼저 눈에 띄는 서류를 집어 들었다.

서류에는 지난 삼 년간의 기록이 적혀 있었다. 별다른 생각

없이 슥 읽었다면 문제가 보이지 않았을 것이다.

하지만 이미 페라스 영지가 어떻게 돌아가는지 눈으로 확인한 후다. 카르는 의구심을 가지고 계속해서 서류를 읽어 내려갔다.

그중 하라스 자작가에서 기사들을 지원받았다는 구절이 눈에 띄었다.

그 외에 별다른 것이 보이지 않자 카르는 이번엔 다른 장부를 집어 들었다.

장부를 펼쳐 지난 기록들을 살폈다. 철광석 외에는 별다른 수입원이 없으니, 다른 영지에 비해 페라스 자작가의 장부는 비교적 간소한 편이었다.

다른 부분은 눈에 들어오지도 않았다.

오직 한 가지, 카르의 눈에 들어오는 것이 있었다.

철광석이 유출되는 곳.

그곳은 바로 하라스 자작가였다.

'철광석 대부분을 하라스 자작가로 빼돌렸군.'

하라스 자작가는 케로나의 가문이다.

아버지인 페라스 자작과 이웃 영지인 하라스 자작가의 케로나가 정략결혼을 했던 것이다.

철광석을 하라스 자작가로 빼돌리고, 하라스 자작가의 기사들이 영지를 장악하다시피 하고 있다. 일이 어떻게 돌아가는지 한눈에 보였다.

'영지를 팔아먹을 생각이었군.'

겉으로 영지를 대놓고 팔아먹는 것은 다른 귀족들이 보기에 좋지 않았다. 그 때문에 매달 영지의 전부라고 할 수 있는 철광석을 빼돌린 것이다. 껍데기는 버리고 알맹이만 취한 것이다.

카르는 이를 으득 갈았다. 자신과 아버지가 없는 사이 영지를 팔아먹으려던 케로나에게 화가 치밀었다.

똑똑—

주먹을 쥐며 화를 삭이고 있을 때 누군가 문을 두드렸다.

'누구지?'

돌아온 지 얼마 되지도 않았는데 자신을 찾아올 사람. 몇 명 떠오르지 않았다. 친아버지인 페라스 자작이라고 해도 이렇게 직접 찾아오지는 않을 것이다.

하지만 딱 한 사람, 부리나케 자신을 찾을 사람이 있었다.

"들어와."

카르는 지끈거리는 머리를 싸매며 말했다. 말이 떨어지기가 무섭게 방문이 열리고 한 누파가 방 안으로 들어왔다.

역시나 하는 생각에 카르는 한숨을 내쉬며 그녀의 이름을 쓸쓸히 불렀다.

"로오나……."

그녀는 페라스 영지의 시녀장이다.

로오나는 카르에게 있어서 또 하나의 부모였다. 얼굴도 기억나지 않는 어머니 대신, 차가운 아버지 대신 자신을 돌봐주고 사랑을 나눠 준 사람이다.

그런 만큼 정도 깊었다. 혹시 자신이 없는 사이, 아버지도 없는데 케로나가 해코지라도 하지 않을까 걱정하기도 했다. 영지로 돌아오는 동안 영지의 분위기가 바뀌어 가고 있다는 소식이나 영지 동향 등에 대해서는 들었지만 아버지에 대한 이야기는 없었다. 그저 전쟁이 치열해지고 있다는 소리밖에.

그래도 이렇게 보니 건강한 것 같아 다행이다. 얼굴과 양손을 가득 메운 주름은 여전하지만 건강해 보였다.

"어서 와."

카르는 그렇게 반기고는 자신의 행색을 살폈다.

해지고 찢어진 옷을 보니 정말 거지꼴이라는 생각이 들었다.

머쓱하게 머리를 긁적이는 카르를 보며 로오나가 떨리는 입을 열었다.

"다녀… 오셨습니까."

살짝 울먹임이 섞인 유모의 말에 카르는 마음속에서 울컥하는 것을 느꼈다.

먹먹한 가슴을 진정시키며 카르는 애써 환히 웃었다.

"뭐하고 지냈어?"

"늘 같습니다. 늙어서까지 이토록 분수에 맞지 않는 곳에서 호강할 수 있다니 저만큼 잘 지내는 늙은이가 얼마나 있을까요."

"그래……. 아버지는 별일없으시고?"

"그것이……."

카르의 물음에 로오나의 표정이 우울해졌다. 카르는 로오나의 표정을 살피더니 물었다.

"왜 그래?"

혹여나 정말 무슨 일이 있는 것일까 걱정이 된 카르였다.

로오나는 눈을 스륵 감으며 찢어지듯 말했다.

"영주님께서는… 돌아가셨습니다."

"…아버지가?"

무슨 소린지 선뜻 이해가 가지 않은 카르는 멍해져 물었다. 로오나가 말하는 영주라면 뻔한데, 마치 남의 죽음을 전해 듣는 듯했다.

넋 나간 표정이 지어졌다.

둔기로 머리를 크게 얻어맞은 느낌이다. 간단명료한 말이지만, 그 무게가 너무나 커서 도리어 머리가 복잡해졌다.

아버지의 죽음?

생각해 본 적 없다.

남들도 그러겠지만 아버지는 천년만년 살 것 같았다. 특히나 자신의 눈앞에선 항상 강하게만 보였기에 더욱 그랬다.

아직 실감이 나지 않는다. 남의 입으로 들은 이야기, 남의 아버지의 죽음을 전해 들은 느낌이다.

하지만 다른 점이 아예 없지는 않았다.

조금은 실감을 하는 듯 가슴 한쪽이 먹먹해졌다.

카르는 차분히 닫혔던 입을 열며 물었다.

"그게… 무슨 소리야?"

짓궂은 거짓말이기를 바라며 물었다. 하지만 돌아오는 대답은 같았다.

"네."

카르도 안다.

로오나는 이런 끔찍한 거짓말을 할 사람이 아니라는 걸.

허탈한 표정의 카르에게 로오나가 조심스레 물었다.

"괜찮습니까?"

"괜찮기는 한데……."

말끝을 살짝 흐리며 카르는 눈을 감았다.

괜찮다고 대답은 했지만 사실은 그렇지 않다. 실감이 되지 않을 뿐, 아버지의 죽음이란 한마디는 심장을 후비는 고통보다 더욱 뼈아픈 것이다.

카르는 자기도 모르게 무기력한 상태가 되었다. 눈가가 촉촉해지는 것도 느끼지 못하고 한참 동안 허공을 바라봤다.

그러자 로오나가 걱정스러운 듯 카르를 불렀다.

"소영주님……."

로오나가 걱정스러운 표정을 짓자 카르는 애써 아무렇지 않은 척 웃으며 물었다.

"언제 돌아가셨어?"

"삼 년 전입니다만… 웃으며 하실 말씀은 아닌 것 같습니다."

"그런가?"

카르는 어색하게 소리 내어 웃었다. 아무렇지 않은 척하지만 제정신은 아닌 듯했다.

"삼 년 전, 전쟁터에서 돌아가셨습니다. 영주성 뒤편 페라스 자작가의 선조들과 함께 무덤이 자리잡고 있으니, 나중에 가 보시지요. 삼 년 만에 돌아오신 아드님을 영주님께서도 보고 싶어 하실 겁니다."

"그래, 가봐야지."

카르는 방을 나서며 분위기에 취해 축 처진 로오나의 어깨를 두드렸다.

로오나의 어깨를 두드리는 카르의 손에서 순간 작은 빛 무리가 번졌다. 하지만 고개를 아래로 떨구고 있던 로오나는 그것을 보지 못했다.

"허?"

로오나는 놀란 눈으로 고개를 들었다. 어느새 카르는 방을 나서고 있었다.

로오나는 몸을 이리저리 움직이다 중얼거렸다.

"몸에 힘이 솟는 것 같은데……?"

이상했다.. 아프던 허리와 어깨가 펴지고 몸에 활력이 솟았다. 과장을 조금 보태서 족히 이십 년은 젊어진 느낌이었다.

알 수 없는 변화에 고개를 갸웃거리며 로오나는 방을 나섰다.

*   *   *

시녀에게 부탁해 말끔한 옷으로 갈아입은 카르는 술병과 보자기를 들고 가문의 무덤으로 향했다.

줄에 묶어 매단 두 개의 술병 안에서 투명한 술이 작은 파도처럼 출렁거렸다.

살짝 열린 마개 안에서 흘러나오는 향긋한 술 내음에 카르의 표정이 살짝 밝아졌다.

'술은 처음이군.'

카르는 영지 밖으로 나가 있던 도중에 성인이 되는 나이를 맞이했다.

카르의 아버지인 페라스 자작은 고지식하고 깐깐한 인물이었다. 그 무엇보다도 원칙을 중요시 여겨 성인이 되기 전에 술을 마시는 것을 절대 허락하지 않았다.

페라스 자작과 카르 사이는 다른 부자와는 달리 서먹서먹한 편이었다. 정이라는 것이 오간 기억은 거의 없었고, 그나마 추억이 있다면 종종 가족끼리 함께 모여 식사를 한 것 정도. 하지만 그나마 케로나와 함께한 자리인지라 썩 좋은 추억은 아니었다.

하지만 이렇게 아버지의 묘를 찾아가는 느낌은 뭐랄까, 말로 형용할 수 없었다.

관계가 서먹서먹했기에 더욱 그랬다. 남들이라면 대성통곡이라도 했을 텐데, 워낙 대화가 없었기에 그런 것조차 어색하게 느껴졌다.

평소와 다른 것이라면 자꾸만 눈물이 나온다는 것과 가슴 한구석이 꽉 막힌 것 같다는 것이다. 가슴으로는 슬퍼하지만, 머리로는 그러지 못하는 아이러니한 경우였다.

카르는 코끝을 술병 마개 가까이 대어보았다.

시녀의 말로는 국화꽃으로 빚은 술이라고 하더니 정말인 듯 국화꽃 냄새가 진하게 났다.

마침 가문의 묘역에도 국화꽃이 피어 있었다.

하지만 다른 곳과 달리 몹시 삭막한 모습. 이상하리만큼 이곳은 생기가 존재하지 않았다. 다른 곳에는 아직 파릇한 녹음도 이곳에선 말라비틀어진 채 죽어가고 있었다.

그런 마른 풀과 마른 꽃 사이로 익숙하지 않은 묘비가 서 있었다.

페라스 자작의 묘비다.

천천히 묘비를 향해 걸어가던 카르의 걸음이 우뚝 멈췄다. 카르는 마저 묘비 앞으로 걸어가지 않고 조금 떨어진 곳에서 묘비를 응시했다.

눈을 감고 살짝 고개를 숙이던 카르가 다시 묘비를 향해 조심스레 걸음을 내디뎠다.

카르의 발이 묘비 앞에서 다시 멈췄다.

"다녀왔습니다."

그 말을 마지막으로 다른 말은 생각나지 않았다. 살아생전에도 대화가 잘 오고 가지 않았는데 죽은 다음이라고 해서 할 말이 있을 리 없었다.

카르는 말없이 보자기를 풀었다.

보자기 속에 들어 있는 것은 두 개의 술잔이었다.

카르는 두 개의 술잔에 술을 따랐다.

쪼르르륵.

술잔에 술을 따르자 국화꽃 향기 사이로 비슷하면서도 다른 술 내음이 퍼졌다. 은은한 미소를 머금던 카르는 아버지의 묘비 앞으로 술잔을 내밀었다.

"드세요."

처음으로 아버지와 나누는 술잔이다.

카르는 스르륵 눈을 감으며 다른 술잔 하나를 입으로 가져갔다.

입술을 시작으로 술이 천천히 목구멍으로 넘어갔다.

태어나서 처음 마셔보는 술이다.

여운을 느끼던 카르는 천천히 눈을 뜨며 말했다.

"술을 배우려면 부모에게 배우라는 말이 있더군요."

술 한 잔이 들어가니 코끝이 찡 울렸다. 술 때문인가, 코끝이 찡 울리고 동시에 가슴을 꽉 메우는 낯선 느낌에 눈시울도 함께 붉어져 왈칵 눈물이 솟았다.

하지만 애써 참아내겠다며 눈을 감았다.

어머니를 여의었을 때도 이런 느낌은 아니었다. 그때 자신은 너무 어렸으니까. 슬퍼하기엔 어리고 부모라는 존재에게 감사할 줄 몰랐으니까.

하지만 지금은 달랐다. 자신은 다 큰 성인이다.

카르는 술을 잔에 따르지 않고 병째로 술병의 술을 반쯤 들이켰다.

무슨 말을 해야 할지도 모르겠다. 먹먹해진 가슴을 진정시

키고, 자신의 의사와는 상관없이 흐르려는 눈물을 참는 것이
전부였다.

그리 독한 술은 아닌지, 아니면 카르가 술이 센 것인지 취기
는 돌지 않았다.

"살아생전 가르쳐 주시지 않은 술, 배워갑니다."

기어이 아버지와 함께 마신 술이 수분이 되어 카르의 볼을
타고 흘러내렸다. 미친 듯이 가슴이 쓰라렸다. 차가운 비수가
후비면 이런 느낌일까 싶었다.

카르는 흐르는 눈물을 닦지 않으며 말을 이었다.

"지난 삼 년간 참 많은 일이 있었습니다."

그동안의 일을 떠올리니 기뻐서 웃음도 나오고 비통해서 화
도 난다. 하지만 결과적으로는 웃음이 더 많이 지어진다.

카르는 자리에서 일어나 묘비 위로 술병을 기울였다.

쪼르르―

맑은 술이 묘비 위를 적셨다.

무슨 말을 꺼내야 할지 고민하던 카르는 방금 전 겪었던 일
을 생각해 냈다.

"영지가 정말 개판이더군요."

영주를 대신한다는 여자가 영지를 팔아먹고, 타 영지에서
들어온 기사들은 영지 내에서 횡포를 부리고 있었다. 남아 있
는 가신들은 그 개판에 한 발 올려 자기 이익을 취하고 있었
다.

페라스 자작이 죽었기 때문이다. 만약 영주인 그가 살아 있

었다면 케로나가 이렇게까지 날뛰지는 못했을 것이다.

묘까지 찾아와 이게 뭐하는 짓인지.

쓴웃음을 지으며 카르는 말을 이었다.

"아버지의 자리, 잘 물려받겠습니다."

카르의 한마디에는 앞으로의 각오가 담겨 있었다.

영주로서 짊어져야 하는 무게. 그것을 물려받겠다는 뜻이다.

카르는 남아 있던 술을 마저 털어 넣은 후 말했다.

"더 이상 그녀는 제 가족이 아닙니다."

사실 이 말을 하기 위해서 찾아왔다.

"서로의 목을 노리게 된 순간, 그건 더 이상 가족이 아닌 '적' 입니다."

이미 자신과 케로나는 돌아올 수 없는 강을 건넌 것과 마찬가지였다. 더 이상은 한 지붕 아래에서 함께 살아갈 수 없는 운명이다.

더군다나 그녀는 아버지의 영지를 팔아먹으려 했다.

절대 가만둬선 안 된다. 마음대로 하게 두지도 않을 것이고, 그럴 생각도 없다.

"아버지께, 그리고 어머니께 죄송합니다."

챙―!

카르의 손아귀에 있던 술병이 깨어졌다. 부르르 떨리는 손이 깨어진 술병으로 인해 찢어졌다.

눈을 몇 번 껌벅여 고여 있던 눈물을 떨쳐낸 카르는 잠시 주위를 둘러봤다.

시들어 있는 풀과 꽃이 보였다. 제대로 관리를 하지 않은 듯
했다.

카르는 눈을 감고 손을 들어 허공을 훑었다.

스스스—

바람이 불어온다 싶더니 시들었던 풀과 꽃들이 다시 생기를
찾기 시작했다.

남들이 본다면 기겁할 만한 광경에도 카르는 무덤덤한 표정
이다. 오히려 당연한 듯이 바라봤다.

카르는 감고 있던 눈을 스르륵 떴다.

"그녀와 친하게 지내기는 힘들 것 같습니다."

그 한마디를 내뱉은 카르는 몸을 돌려 하늘을 바라봤다.

아마 저곳이 아버지, 그리고 어머니와 가장 가까운 곳이겠지.

영주성으로 한 걸음을 내딛기 시작한 카르가 독백처럼 하늘
을 향해 중얼거렸다.

"지켜보세요. 제가 앞으로 이 영지에서 어떻게 살아가는지,
그리고 이떤 미래를 민드는지."

아버지에게, 어머니에게, 그리고 스스로에게 하는 다짐이었
다.

Chapter 03
뿔소기사단

마탑_의 영주

　카르는 영주성으로 돌아오자마자 서류부터 펼쳐 들었다. 아직도 모르는 사실이 너무나 많았다.

　삼 년간 쌓여 있던 서류를 꼼꼼히 확인하는 데에 일주일이라는 시간이 걸렸다. 양이 꽤 많있다.

　가관이었다.

　타 영지에서 들어온 기사들이 벌여놓은 사건사고가 민원으로 계속해서 올라왔고, 하라스 자작가로 빠져나가는 철광석 외에도 철광석의 채취량과 수출량, 그로 인한 수지타산이 제대로 맞지 않았다.

　그리고 다음날, 카르는 집무실을 찾았다.

　집무실에는 케로나가 앉아 있었다.

“무슨 일이냐?”

케로나가 집무실을 찾아온 카르에게 물었다. 카르는 역시나 하는 생각에 한숨을 내쉬었다.

“당신이 왜 여기 있습니까?”

“문제 있나?”

“여긴 영주 집무실입니다. 당신이 있을 곳이 아닙니다.”

“뭐라?”

“영주 자리가 공석인 지금, 왕국법상 영주 대리는 소영주인 제가 하는 게 맞습니다. 영주 부인이 영주 대리를 하는 경우는… 영주와 소영주가 모두 부재중일 때뿐입니다.”

카르가 콕 꼬집어 말하자 케로나는 입을 다물었다. 카르가 오기 전에는 당연하던 일들이 카르가 오고부터 하나하나 당연하지 않게 되었다.

카르는 한심하다는 듯이 케로나를 보더니 미간을 긁적이며 말했다.

“뭐, 어차피 당신이 여기 있을 줄 알고 왔으니 상관은 없습니다만.”

“용건이 뭐냐?”

“하라스 자작가의 기사들, 어디 있습니까?”

케로나는 흠칫 놀란 눈으로 카르를 바라봤다. 설마하니 카르가 외부 기사들의 정체까지 알고 있으리라고는 생각지 못한 것이다.

하지만 생각해 보면 크게 이상할 것도 없었다. 장부만 조금

볼 줄 안다면 외부 기사들의 정체 정도는 쉽게 유추할 수 있을 테니 말이다.

케로나가 퉁명스러운 어투로 대꾸했다.

"금룡기사단의 숙소 옆에 다른 숙소를 잡아놓았다. 그곳에 있을 테니 가보든지."

"금룡기사단 옆 말입니까?"

마음에 안 든다는 듯이 카르는 얼굴을 찌푸렸다. 하지만 이내 집무실 밖으로 걸음을 옮겼다.

나가기 전 카르가 말했다.

"제가 다시 오기 전까지 집무실을 비워놓으시죠. 이 말도 하려고 온 것이니까."

그 말에 케로나가 이를 으득 깨물었다.

카르가 집무실을 나서자 케로나가 중얼거렸다.

"파거슨과 이야기를 해봐야겠군."

*　*　*

금룡기사단의 숙소는 영주성 옆에 위치했다. 꽤나 큰 규모의 숙소는 삼십여 명의 기사를 수용하기에 문제가 없었다.

오래간만에 보는 얼굴들이다 보니 한 번씩 얼굴을 보고 싶은 마음이 들었다. 더군다나 지금의 상황을 정리하려면 영지의 가장 큰 무력인 금룡기사단의 힘이 꼭 필요했다.

카르는 금룡기사단과 이야기를 나누기 위해 숙소를 찾아갔다. 하지만 다들 연무장에서 검을 휘두르고 있는지 숙소는 비어 있었다. 카르는 아쉬움을 뒤로하고 케로나가 말한 숙소를 찾아갔다.

금룡기사단이 머무는 숙소보다 더 큰 건물이다. 어딘가 했더니 카르가 알고 있는 곳이었다.

사자기사단의 숙소였다. 물론 지금은 페라스 자작과 함께 전쟁터에서 사라져간 이들이다.

카르는 숙소 안으로 걸음을 옮겼다.

마침 숙소 앞으로 기사 한 명이 나왔다. 기사는 지금까지 잠을 자고 있었는지 늘어지게 하품을 하며 기지개를 켰다.

카르는 기사에게 다가가 물었다.

"여기 단장이 누구지?"

"응?"

하품을 하던 기사의 시선이 카르에게로 옮겨졌다. 막 카르를 발견한 기사는 졸음으로 반쯤 감겨 있던 눈을 동그랗게 떴다.

그는 카르가 처음 페라스 자작령으로 돌아온 날 영지민을 괴롭히던 기사였다. 기사는 카르에게 진탕 맞았던 기억을 떠올리며 몸을 움츠렸다.

카르는 기사의 얼굴을 자세히 보다 피식 웃었다.

"그때 그 녀석이군."

"끙, 용건이나 말하쇼. 그래, 잘나신 영주님께서 여긴 어쩐 일이오?"

카르의 정체가 소영주인 것으로 알려졌건만 기사의 자세는 여전히 곱지 않았다. 존재와 반 존대가 섞인 말투도 그렇고 잔뜩 찡그린 인상은 불만이 가득 드러나 있었다.

그것만 봐도 카르는 기사가 자신을 무시, 혹은 극히 꺼려한다는 것을 알 수 있었다. 하긴, 자신들의 입장을 생각해 보면 갑자기 등장한 소영주가 껄끄러울 수밖에.

"여기 단장이 누구냐?"

카르의 말이 막 끝나고, 숙소 안에서 마찬가지로 한 명의 기사가 졸린 눈을 비비며 나왔다.

"지그, 무슨 일… 헉!"

그 기사 역시 첫날 카르에게 맞았던 기사다. 카르는 두 사람을 번갈아 보며 웃었다.

"또 보네?"

안색이 파리하게 질리며 기사가 고개를 획 돌렸다. 그런 그를 향해 카르가 물었다.

"여기 단장이 누구냐 물었다!"

다소 강압적인 어투에 지그는 눈을 찌푸렸다. 하지만 카르의 무력이나 소영주라는 자리를 생각해 볼 때 함부로 대할 수도 없었다. 결국 그는 몸을 돌려 숙소 안으로 들어가며 말했다.

"들어오시오."

숙소 안에 단장이 있다는 뜻이다.

카르는 지그의 뒤를 따라 들어갔다.

익숙한 사자기사단의 숙소가 눈에 들어왔다. 하지만 이제 이곳을 타 영지의 기사들이 쓰고 있다니 기분이 썩 좋지 않았다.

카르는 지그의 뒤를 따라 숙소 뒤뜰에 있는 연무장으로 향했다. 썩어도 기사라고, 이들 또한 검술 수련은 하는 모양이다. 연무장에는 꽤 여럿되는 기사들이 각자 검을 휘두르고 있었다.

카르가 연무장에 도착하자 검을 휘두르던 기사들이 하나둘 시선을 모았다. 이 자리에 모인 반수 이상의 기사들이 첫날 카르에게 패한 기사들이었다.

연무장에 도착하자 지그가 검을 휘두르고 있던 기사 한 명에게 다가가 말했다.

"단장님, 손님입니다."

횡으로 검을 휘두르던 단장은 천천히 검을 내리며 대꾸했다.

"손님?"

단장의 시선이 카르에게로 향했다.

단장이 손을 내밀자 한 기사가 수건을 가져왔다. 새하얀 수건으로 검을 휘두르며 흘린 땀을 닦아낸 단장이 물었다.

"무슨 용건이오?"

"그전에 내가 누군지는 아나?"

카르가 묻자 단장이 고개를 끄덕였다.

"일주일 전, 내 수하들을 떡처럼 패고, 오늘부터 새로이 영주가 된 분이시지."

다소 비아냥거리는 어투에 카르는 미간을 모았다. 이런 유형은 안 봐도 뻔하다. 남의 말에 귀를 기울이지 않고, 앞뒤 재지 않으며 막나가는 인물이다. 이런 인물이 단장으로 있으니 기사들의 통솔이 되지 않는 것이다. 게다가 자신보다 신분상 앞서는 카르일 텐데도 불구하고 오만하기 그지없었다.

하지만 까다롭게 보이나 의외로 다루기 편한 유형이기도 했다. 막나간다는 것은 어떻게 보면 단순하다는 뜻이기도 하니까.

카르는 한쪽 벽에 몸을 기대며 말했다.

"일단 읽어봐."

카르는 품에서 꺼낸 서류 사본을 단장 앞으로 툭 던졌다.

종이를 집어 든 단장이 물었다.

"이게 뭐요?"

"일단 읽어봐."

단장이 의아해하며 서류를 읽었다.

서류를 확인한 단장의 눈이 크게 떠졌다. 서류는 바로 하라스 자작가의 기사들을 페라스 자작령으로 끌어들이겠다는 계약서의 사본이었다.

지난 칠일간 카르가 집요하게 찾은 것이 바로 이것이었다. 케로나는 숨긴다고 숨겼지만, 영주 대행이라는 자리에 앉아 지난 3년간의 일과 장부, 그리고 하라스 자작가와의 관계를 조사하다 보니 결국 들켜졌다.

“이게 뭐 어쨌다고 그러시오?”

대충 훑어본 단장이 서류를 툭 내려놓았다. 계약서가 카르의 손에 들어갔다는 것은 알겠다. 하지만 그렇다고 해서 큰 문제가 되는 것은 아니었다.

카르는 단장을 한번 힐끔 보더니 계약서를 읽었다.

“첫 번째 조항, 하라스 자작가는 기사들을 파견해 곤경에 빠진 페라스 영지를 돕는다. 웃기지도 않는군.”

곤경에 빠진 이유가 누구 때문인데.

카르는 헛웃음을 지었다.

“지난 3년, 너희가 페라스 영지를 도운 적이 있나?”

“…물론이오.”

“뻔뻔하군. 지난 삼 년간 있었던 열다섯 번의 몬스터 출몰 중 너희가 움직인 것은 단 두 번뿐이야. 그것도 움직인 것은 고작 기사 다섯이고.”

카르는 하얀 이를 드러내며 단장을 노려봤다.

“이것은 명백한 계약 불이행이란 말이지.”

“그래서 뭐 어쩌란 말이오?”

“계약 파기하고, 배상금 가져와.”

“배상금? 돈 말이오?”

“그래, 돈. 그것도 많이.”

단장은 얼굴을 와락 일그러뜨리며 소리쳤다.

“그게 무슨 말도 안 되는 소리요!”

“뭐가 말도 안 되지?”

“우리가 계약을 제대로 지키지 않은 것은 사실이오. 하지만 그 계약서 자체가 사실 형식적일 뿐, 어떠한 식으로 페라스 자작령을 지켜야 하는지 명시된 바 없지 않소?”

단장의 말에 카르는 고개를 끄덕였다.

그 말이 사실 맞긴 했다. 그것이 바로 계약서가 가진 허점이었다.

하지만 아직 카르의 말은 끝난 것이 아니었다.

“그러고 보니 빼먹을 뻔했어. 영지민들을 공갈, 협박, 여인을 겁간하기도 했더군. 자, 보자. 너희들은 우리 영지를 지켜준 것일까, 아니면 약탈한 것일까?”

카르의 질문에 단장은 대답하지 못했다.

그도 자신의 수하 기사들이 지금까지 어떠한 일을 해왔는지 모르지 않았다. 하지만 케로나가 별다른 제재를 가하지 않았기에 신경조차 쓰지 않고 있던 일이다.

카르는 씩 웃으며 말을 이었다.

“왕가에 한번 물어보자고. 과연 니희들이 계약을 제대로 이행했는지 말이야.”

“끙…….”

하위 귀족들의 분란을 왕가에서 해결해 주는 일은 종종 있는 일이었다. 그리고 대개 그런 경우, 잘못을 한 쪽은 막심한 타격을 입는다.

아무리 계약서의 내용이 허술하다 해도 드러난 일이 너무나 명백했다. 단장 스스로가 생각하기에도 이것은 영지를 지켜준 것보다는 약탈에 가까웠다.

난감해하는 단장의 표정을 살피며 카르가 말했다.

"제안을 하나 할까?"

"제안?"

카르가 고개를 끄덕이며 씩 웃었다.

"대련을 하는 거야."

대련이라는 말에 단장의 눈이 반짝였다. 그가 가장 좋아하는 것이 바로 검을 섞는 싸움이다.

더군다나 카르는 자신의 수하를 여럿 쓰러뜨린 강자다. 그런 강자와의 싸움을 마다할 그가 아니었다.

"대련이라……. 좋지!"

단장이 검을 빼 들며 소리쳤다.

"나 뿔소기사단의 단장 모라스가 말한다. 나 모라스는 지금 그대에게 정정당당한 대련을 신청하는 바이다!"

단장의 직선적인 행동에 카르가 한마디 덧붙였다.

"단, 조건 하나만 붙이지."

＊　　　＊　　　＊

영주성의 주요 사람들이 모두 지하 연무장으로 모였다.

먼저 연무장을 쓰고 있던 기사들은 물론 케로나와 재정관, 총관까지. 사실상 시녀들을 제외한 영주성의 사람 전부가 연무장에 모여 있었다.

그중 이 상황에 대해 가장 어리둥절한 사람은 바로 케로나였다. 다른 이들도 마찬가지였지만 그녀는 카룰가 모라스를 찾아간 사실을 알고 있었다.

'이 녀석, 도대체 거길 가서 뭘 한 거야?'

케로나는 어이가 없었다. 뭔가 단판이라도 지을 것처럼 가더니 결국 건져온 것이라고는 대련 약속 하나뿐이라니.

케로나는 카르에 대해서 잘 알았다. 카르의 실력이 얼마나 형편없는지도 잘 알았다. 카르는 자신의 아들이자 카르의 동생인 라오보다도 못한 실력이었다.

그에 비해 모라스는 정식 기사인데다가 그중에서 단장 자리를 꿰찰 정도로 실력이 있었다. 상식적으로 생각해 볼 때 카르는 절대 모라스를 이길 수 없었다.

'아니지. 그건 또 아니군.'

케로나는 처음 카르가 돌아왔던 날을 떠올렸다. 뿔소기사단 기사 열 명을 넘게 쓰러뜨린 카르의 모습이 떠오르자 절로 표정이 찌푸려졌다.

3년 전까지만 해도 카르의 실력은 형편없었다. 동생인 라오에게까지도 깨지던 카르다. 한데 3년 만에 갑자기 강해져서 돌아왔다.

어떻게 그렇게 강해졌는지는 모를 일이다. 다만 그 실력을 생각해 볼 때 모라스가 이기는 것이 쉽지만은 않을 것이라는 생각이 들었다.

케로나는 조급한 마음에 손톱을 깨물었다. 마음속으로 모라스를 응원하며. 케로나가 연무장 중앙으로 시선을 모았다.

조금 시간이 지나고.

카르가 연무장으로 걸어 들어왔다,

미리 기다리고 있던 모라스가 능글맞게 웃으며 말했다.

"왜 이리 늦었소?"

"몸 상태 점검 좀 했다. 난 컨디션에 따라서 실력이 천차만별이거든."

"난 또 갑자기 무서워서 도망이라도 친 줄 알았지. 다행이구려. 흐흐흐."

모라스가 음침하게 웃으며 검을 빼 들었다. 카르는 연무장 중앙으로 걸어오며 허리춤에서 검을 뽑았다.

케로나는 그 모습을 보며 옆에 서 있는 기사에게 물었다.

"누가 이길 것 같나?"

금룡기사단의 단장 알베르는 고개를 갸웃거렸다.

"글쎄요……."

알베르의 시선이 카르를 따라갔다. 첫날 있었던 일을 모르는 그는 지금 카르의 행동이 무척이나 무모해 보였다.

카르의 표정을 읽기가 힘들었다. 무덤덤한 표정은 무슨 생각을 하는지 짐작하기 어렵게 만들었다.

결국 알베르는 고개를 저었다.

"잘 모르겠습니다만, 아무튼 걱정입니다. 내기의 여하를 떠나 영주님께서 해를 당하시지는 않을지……."

착 가라앉은 눈으로 알베르가 모라스를 노려봤다.

"만약 조금이라도 영주님을 다치게 한다면 제가 가만있지 않을 겁니다."

'여전히 강직한 녀석이군.'

케로나는 알베르가 마음에 들지 않았다.

케로나가 처음 영주 대행이 되고 가장 먼저 회유하려던 대상이 바로 금룡기사단이었다. 재정관이나 총관과 같은 이들을 끌어들여 영주성의 분위기를 잡는 것도 중요하지만, 그것보다 중요한 것이 바로 무력이었다.

하지만 알베르라는 기사가 문제였다. 기사단의 충성심은 첫 번째로 페라스 자작에게로 향해 있었고, 다음으로는 단장인 알베르에게로 향해 있었다.

알베르는 충직한 기사였다. 영주가 죽은 지금, 자신이 충성을 바쳐야 할 대상을 소영주라고 생각했다. 때문에 케로나의 회유에도 넘어가지 않고 확실히 영주가 정해질 때까지 기다렸다. 금룡기사단은 그런 알베르와 뜻을 함께했다.

'지금은 어찌어찌 대부분 회유를 하긴 했지만……'

3년이었다.

아무리 강직한 기사들이라고 해도 그런 긴 시간을 기다리기란 쉽지 않았다. 소영주의 부재가 2년이 넘어가자 대부분의 기사들은 소영주가 죽었다고 생각했다.

그쯤, 케로나는 다시금 본격적인 회유를 시작했다. 소영주의 부재를 몸으로 느끼던 기사들은 적절한 회유에 넘어왔다. 넘어오지 않은 기사는 알베르를 비롯한 고지식한 기사 몇몇

뿐이었다.

카르와 모라스의 대련에 중재를 맡고자 알베르가 앞으로 나섰다. 알베르의 실력은 모라스보다 위였다. 그러면 혹시 모를 사고를 방지할 수 있을 것이다.

알베르가 손을 위로 들며 입을 열었다.

"대련 도중 살수는 펼치면 안 됩니다. 이건 대련이라는 점 명심하고, 상대의 급소를 노리는 공격은 되도록 자제해야 합니다. 혹시 모를 상황에는 제가 끼어들어 중재하도록 하겠습니다."

알베르가 대련 방식과 규칙을 설명했다. 다소 긴 잡설이 끝나고, 알베르는 손을 내렸다.

"그럼, 시작!"

알베르의 말이 끝남과 동시에 카르가 움직였다.

파팟—

그렇게 빠르지도 그렇다고 느리지도 않았다. 모라스는 코웃음을 치며 카르가 가까이 다가오기를 기다렸다.

카르가 모라스의 지척까지 다가왔다. 모라스는 검을 움직이기 시작했다.

그때였다.

샤샥—

카르의 신형이 갑작스레 사라졌다. 황당한 사태에 모라스도 알베르도 눈을 크게 떴다.

'어디지?

모라스가 당황하며 몸을 살짝 뒤로 뺐다.

그때였다.

카앙―!

급하게 검을 옆으로 휘둘렀는데, 사각에서 카르의 검이 날아들었다. 본능에 의존해 검을 막아낸 모라스는 가쁘게 숨을 내쉬며 재빨리 뒤로 빠졌다.

'뭐가 어떻게 된 거지?'

어떻게 움직이는지 보이지도 않았다. 갑자기 눈앞에서 사라지더니 옆에서 나타났다. 육감에 기대지 않았다면 단칼에 대련이 끝났을 것이다.

모라스는 다시 한 번 마음을 다잡으며 이번엔 선공을 펼쳤다.

"하압!"

우렁찬 기합과 함께 모라스가 카르를 향해 달려들었다. 카르는 찌르기 자세를 취하며 정면으로 달려드는 모라스를 향해 눈을 빛냈다.

'정면 승부에서는 내가 위다!'

모라스의 덩치는 크다. 그 육중한 체구에서 나오는 힘은 호리호리한 카르보다 훨씬 강했다.

회심의 미소를 지으며 모라스가 검을 내지르고 있을 때였다.

샤샥―

또다시 카르가 사라졌다.

모라스가 당황해하며 눈을 굴렸다.

'이번엔 또 어디?'

그때였다.

"좀 자라."

바로 뒤에서 카르의 목소리가 들려왔다.

빠악—!

"큭!"

뒷목에서 느껴지는 충격에 모라스는 서서히 정신을 잃었다. 어느새 뒤를 점한 카르가 검의 손잡이로 뒷목을 후려친 것이다.

점차 흐릿해지는 정신 속에서 카르의 목소리가 들려왔다.

"뭐, 이 정도인가?"

조롱이 담긴 목소리다.

그렇게 모라스는 의식을 잃었다.

모라스가 쓰러지는 것을 확인한 카르가 말했다.

"알베르."

카르의 부름에 어리둥절해 있던 알베르는 쓰러진 모라스를 향해 다가갔다.

모라스의 상태를 살피던 알베르가 고개를 저었다.

"이건 못 일어나겠군."

눈이 완전히 풀렸다. 한동안은 정신은 잃고 기절해 있을 것이다.

"판정은?"

카르의 물음에 알베르가 떨떠름하게 답했다.

"아, 당연히 영주님의 승리입니다."

"그래? 그렇단 말이지?"

카르는 씩 웃으며 품에서 곱게 접혀진 종이 한 장을 꺼냈다.

종이를 펄럭거리며 중얼거렸다.

"그럼 이제 계약을 이행해야겠군."

카르는 의식을 잃고 쓰러져 있는 모라스를 슬쩍 흘겼다. 모라스는 스스로 무덤을 판 셈이었다.

카르는 씩 미소를 지으며 손에 들고 있는 종이를 번쩍 들어 연무장에 모인 모두에게 보였다. 사람들의 시선이 카르의 손에 들린 종이로 향했다.

카르가 소리쳤다.

"하라스 자작가의 기사들은 들어라!"

자신들이 대상이 되자 하라스 자작가의 기사들이 바짝 긴장했다.

"이제 돌아갈 시간이다!"

*　　　*　　　*

한편, 가장 가까이서 대련을 지켜본 알베르는 짙은 의문을 품었다. 아무리 생각해 봐도 그 대련은 너무나 부자연스러웠다.

분명 모라스의 검이 카르를 노리고 들어가고 있었다. 그 상

황에서 모라스의 검을 피하기는 힘들어 보였기에, 자신이 개
입하기로 결심하고 움직이던 찰나였다.

어느새 카르가 모라스의 뒤로 돌아가 있었다. 마치 한순간
시간이 멈춘 것처럼 순식간에 벌어진 일이었다.

'말도 안 돼.'

아무리 빠르게 움직였다고 해도 자신이 전혀 보지 못할 정
도라니? 카르가 강한 것은 대충 들어서 알고 있었지만 그 정도
는 아닐 터였다.

끝내 궁금증을 참지 못한 알베르가 카르를 찾았다.

케로나에게서 집무실을 빼앗아 앉은 카르는 자신을 찾아온
알베르에게 물었다.

"무슨 일이지?"

카르의 물음에 알베르가 머뭇거리다 입을 열었다.

"그 대련… 도대체 어떻게 된 겁니까?"

그 물음에 카르는 잠시 생각하더니 역으로 되물었다.

"알베르, 넌 지금 영지 상황을 어떻게 생각하지?"

되돌아온 반문에 알베르는 잠시 생각하더니 대답했다.

"개판입니다."

"그렇지?"

카르가 역시라는 표정을 지었다.

"영지민들은 굶주리고, 부정부패가 활개치고, 타 영지에서
들어온 기사들은 횡포를 부립니다. 배운 것이라곤 검밖에 없
는 저지만, 영지 꼴이 개판이라는 것 정도는 알고 있습니다."

카르는 씩 미소를 지었다.

"난 이 영지를 바꿀 거야."

알베르는 카르를 빤히 바라보더니 고개를 끄덕였다.

실제로 카르가 한 일은 타 영지에서 들어온 기사들을 쫓아 내는 일이었다. 단순히 말로 설득해서는 듣지 않을 것이라 생각해서 대련을 통해 그들을 찍어 눌렀다.

영주성 사람들이 다 보는 앞에서 정당한 대련을 통해 되돌아가는 것이 결정되었다. 뿔소기사단은 더는 반박할 여지도 없이 되돌아가야 할 처지가 되었다.

알베르는 눈을 지그시 감더니 한쪽 무릎을 꿇었다.

대련 내용이야 아무렴 어떠랴.

이제부터 자신의 주군은 카르인 것을.

조용히 무릎을 꿇는 알베르를 보며 카르가 말했다.

"알베르, 넌 마법을 믿나?"

Chapter 04
새로운 재정관, 그리고 모략

마탑의 영주

뿔소기사단 숙소에서의 사건 이후 카르가 가장 발 빠르게 처리한 것은 재정관의 해임이었다. 장부를 비롯한 물적 증거가 확실한 재정관은 그 비리가 드러나 모든 재산을 압류당하고 지하 감옥에 갇히게 되었다.

하루가 지나자 이 소식은 케로나의 귀에까지 들어갔다.

쾅—!

케로나는 분에 찬 표정으로 주변에 널린 가구들을 후려쳤다.

"후우."

분에 못 이겨 휘두른 주먹이 아파올 때쯤 케로나의 행동이 멈췄다. 페라스 자작가의 총관 파거슨은 뒤에서 그 모습을 가만히 바라봤다.

　파거슨은 길쭉한 코에 가느다란 몸으로 선해 보이는 인상을 한 남자였다. 케로나가 영주 대행 자리에 앉고 가장 먼저 중용한 사람이 바로 파거슨이었다.

　파거슨은 실질적으로 페라스 자작가를 이끄는 위치에 있었다. 사실상 케로나는 영주 대행이라는 명목 아래에서 파거슨의 조언을 받고 그것에 도장을 찍어주는 것이 전부였다. 하라스 자작가와의 계약 또한 파거슨이 주도한 것이기도 했다.

　"어떻게 됐습니까?"

　"제깟 놈이 감히!"

　쾅—!

　케로나는 다시 한 번 책상을 거칠게 내려쳤다. 씩씩거리는 소리가 집무실에서 사라질 무렵, 다시 한 번 파거슨이 물었다.

　"재정관은요?"

　"해임되었다. 그 녀석, 해먹어도 너무 해먹었더군. 도저히 구해낼 방법이 없어."

　카르의 일 처리는 칼 같았다. 비리를 발견하자마자 곧장 재정관을 불러다 잘잘못을 들추었다.

　비리가 어찌나 많던지, 감싸고 싶어도 감싸줄 수가 없었다. 은밀하게라도 했다면 모를까, 재정관은 자신만 믿고 너무 나댔다.

　"이렇게 되면 영지 재정에 타격이 큰데……."

　"아무래도 기사들에게 줄 월봉이 부족하겠지요. 식량 같은

경우는 하라스 자작가에서 조금씩 들어온다지만, 직접적으로
기사들에게 쥐어줄 돈을 구하기가 어려울 것 같습니다."

페라스 자작령의 식량은 하라스 자작가에서 들어왔다. 계약
으로 주는 철광석 외에도 추가로 철광석을 얹어 소량의 식량
을 얻는 식이었다.

이조차 페라스 자작가에서 손해를 보는 일이었다. 아무리
전쟁 통에 곡물의 가격이 높아졌다고 해도 철광석만큼의 값어
치를 지닌 것은 아니었으니 말이다.

그렇게 하고 남은 철광석의 양은 그리 많지 않았다. 그리고
그 적은 양은 철광석을 채취하는 광부들에게 돌아가야 했다.
원래라면 말이다.

재정관이 해오던 일은 광부들이 받아야 할 철광석을 빼돌리
는 일이었다. 영지민들의 피를 뽑아 마시는 짓이었지만, 케로
나나 재정관이나 개의치 않았다. 그런 식으로 빼돌린 철광석
을 팔아 기사들에게 지급할 돈을 챙겼다.

'이제부터는 그걸 못한단 말이지…….'

카르는 하라스 자작가와의 관계를 아예 끊으려 하고 있었
다. 페라스 자작가의 철광석을 이용해 하라스 자작가의 배를
불리려던 일은 카르를 통해 하나씩 무너져 가고 있었다.

"어떻게 할까요?"

파거슨의 물음에 케로나는 생각할 것도 없이 대답했다.

"새로운 재정관을 뽑아야지."

케로나의 말에 파거슨이 잠시 생각하더니 말했다.

"제가 괜찮은 재정관을 한 명 더 물색해 볼까요?"

"시간이 없어. 그사이 카르 녀석이 다른 재정관을 물색하면 어떻게 해?"

케로나의 말 또한 맞는지라 파거슨은 고개를 끄덕였다. 자신의 사람이 재정관 자리에 앉으면 몰라도 카르가 재정관을 뽑아 앉히면 곤란해진다.

파거슨은 머리를 긁적이더니 말했다.

"그럼 영지 내에서 괜찮은 사람을 한 명 뽑도록 하겠습니다."

"그래, 그렇게 해. 그나저나 영지 내에 재정관으로 뽑을 만한 사람이 있을까?"

"있을 겁니다. 예전에 알아보니 아카데미를 우수한 성적으로 졸업한 영지민이 한 명 있더군요. 어차피 제가 재정관을 물색할 시간만 벌어주면 그만 아닙니까?"

파거슨이 씩 웃자 케로나는 마음이 놓였다. 역시 가장 믿음직한 사람은 바로 파거슨이었다.

'전에 있던 재정관도 나름 말을 잘 듣긴 했지만.'

아쉽지만 어쩔 수 없다.

이미 해임된 녀석, 지금 아쉬워해 봤자 소용없다.

지금은 파거슨을 믿고 괜찮은 재정관을 기다리는 수밖에 없다.

잠시 눈을 깜박이던 파거슨은 잠시 눈치를 보더니 작은 목소리로 물었다.

“차라리 암습을 시도해 볼까요?”

“암습을?”

케로나의 눈이 반짝였다.

다소 과격한 방법이긴 하지만 혹해지는 제안이다. 제대로 일이 성사되기만 한다면 골칫거리가 한 방에 사라진다.

고민은 그리 길게 하지 않았다. 케로나는 고개를 끄덕였다.

“암살자 길드와 연락할 방법은 있나?”

케로나의 말을 기다리던 파거슨이 바로 대답했다.

“물론입니다. 알고 있는 개인적으로 연락이 닿는 암살자 길드가 있습니다. 그곳에 의뢰를 하면 쥐도 새도 모르게 처리할 수 있을 겁니다.”

“알고 있는 암살자 길드가 있어?”

케로나가 눈을 동그랗게 뜨며 물었다.

파거슨은 고개를 끄덕이며 대수롭지 않다는 투로 대꾸했다.

“그럼 연락을 넣어보지요.”

*　　*　　*

기사단의 문제가 한 차례 정리되었지만, 문제는 이것뿐만이 아니었다.

근본적으로 영지 자체가 썩어 있었다. 외부의 요인도 있지만 내부 요인도 있었다.

사람이 썩어 있었다. 부정부패가 만연하다 보니 영지 상황은 점점 악화되어 가고 있었다.

그러기 위해서는 싹을 잘라내야 했다. 그랬기에 카르는 가장 눈에 띄는 재정관을 해임시켰다. 증거가 충분하기에 달리 절차를 밟고 자시고 할 필요도 없었다.

카르는 영주 집무실에 턱을 괴고 앉아 있었다. 어제 이후로 케로나는 다른 방으로 자리를 옮겼다.

책상 위로는 지금까지의 기록이 적힌 서류가 어지러이 널려 있었고, 카르의 눈은 그것을 보고 있었다.

서류를 살피기 시작한 것이 방금.

우선은 대충 훑어보기만 했는데도 가장 문제가 되는 녀석이 눈에 보였다.

끼익—

의자를 뒤로 젖히며 카르가 생각에 잠겼다.

'정말 눈치도 안 보고 제대로 해먹었군.'

재정관은 장부를 정리하는 도중, 세금의 액수를 교묘하게 비틀어 자신의 잇속을 채웠다. 얼마 들어오지도 않는 곡식이나 감자 따위의 농작물들부터, 철광석을 채취하는 광부들이 돈 대신 지급받는 철광석을 빼돌리기도 했다.

물론 재정관 혼자만의 문제는 아닐 것이다. 그 뒤를 받쳐주고 있는 케로나와 총관이 연루되어 있지 않고서는 영지가 이 꼴이 났을 리 없다.

하지만 성급히 케로나나 총관을 건드리기엔 무리수가 있었다. 우선 재정관과는 달리 눈에 보이는 비리가 보이지 않았다.

더군다나 케로나는 겉으로 보기에는 자신의 어머니다.

물론 이대로만 흘러간다면 영주 자리는 카르의 것이다. 하지만 케로나의 성격상 그렇게 내버려 둘 것 같지 않았다.

더군다나 애초에 카르는 케로나와 한 지붕 아래 살 생각이 없었다. 자신의 목숨을 노리고 영지를 팔아먹으려 작정한 여인이다. 게다가 현재 영주성의 분위기를 잡고 있는 사람이 바로 케로나였다.

그렇기에 어떻게든 케로나를 몰아낼 필요가 있었다. 케로나가 영주성에 남아 있는 한 그 그림자가 언제까지나 따라올 테니 말이다.

'재정관 자리를 다시 채워야 하는데……'

카르는 책상에 턱을 괴며 생각에 잠겼다.

재정관을 해임했으니 이제 다른 사람을 재정관 자리에 앉혀야 했다. 그리고 되도록이면 자신이 믿을 수 있고 능력이 있는 사람이면 좋았다.

생각은 오래가지 않았다.

머릿속에 퍼뜩 떠오르는 사람이 있었다.

'그 녀석이 있었지.'

그라면 재정관 자리에 앉혀도 손색이 없었다. 능력도 있고 무엇보다 믿을 만했다.

결정을 내린 카르는 곧장 자리에서 일어났다. 믿을 만한 수하가 적은 지금으로선 직접 만나러 갈 생각이었다.

덴포라 마을은 영주성 바로 앞에 있는 마을이다.

가난에 찌든 통에 사람들의 모습은 좋지 않았지만, 그래도 나름대로 많은 수의 사람들이 거리를 나다녔다.

오랜만에 이곳에 도착한 카르는 사방을 둘러보았다. 생각보다 변한 것 없는 그곳은 카르에게는 작은 추억이 얽힌 마을이다.

이곳엔 그에게 소중한 곳이 있기 때문이었다. 바로 로오나의 집이다.

과거 어렸을 적에는 영주성을 빠져나와 이 근방을 자주 돌아다닌 적이 있었다. 매번 그 문제로 아버지는 골머리를 앓았지만 어김없이 카르가 다다르는 곳은 언제나 그렇듯 로오나의 집이었다.

어렸을 적이지만 이 근방의 지도는 대략 머릿속에 남아 있었다. 더군다나 로오나의 집을 찾아가는 것이라면 문제없었다.

재정관을 해임시키고 새로 재정관을 구하고자 할 때 떠올린 사람이 바로 로오나의 아들이다. 자신이야 어렸을 때 얼굴을 본 것이 다지만, 그 당시 로오나의 아들은 나이가 꽤 찬 어른이었다. 자신이 그를 기억하고 있는 것으로 보아 그 역시 자신을 기억하고 있을 것이 분명했다.

로오나의 아들은 카르가 어렸을 때 행정학을 배우기 위해 멀리 떨어진 영지의 아카데미에 입학했다. 그때가 카르가 열 살 때의 일이다.

'잘 있으려나?'

로오나에게 물어보니 얼마 전에 돌아와 혼자 산다고 했다. 행정학과를 우수한 성적으로 졸업하긴 했지만, 재정관과 짜고 비리를 저지르던 케로나가 로오나의 아들을 등용할 리 만무했다. 때문에 다른 영지로 연락을 돌리며 일자리를 알아보는 중이라 한다.

서로 얼굴을 마주한 것이 워낙 오래전의 일이기에 막상 만나면 어색할 수도 있었다. 하지만 어렸을 적의 추억도 있고 로오나의 아들이기도 하기에 생판 모르는 남보다는 믿을 만하다는 것이 카르의 생각이었다.

"여긴가?"

카르는 로오나가 그려준 약도와 현재의 위치를 비교했다. 지도와 비교하기에도 그렇고, 기억 속에 어렴풋이 남아있는 그 곳이기도 했다.

이곳이 확실했다. 카르는 약도를 품에 집어넣고는 망설임 없이 문을 두드렸다.

똑똑─

하지만 시간이 지나도 안에서 대답은 들려오지 않았다. 아무래도 집에 없는 모양이다.

'어디 나갔나?'

그렇게 생각하며 카르는 문고리를 돌렸다.

생각 외로 문고리가 돌아갔다. 아무래도 문을 잠그지 않고 외출한 모양이다.

문 앞에서 기다려야 하나 하는 생각도 들었지만 굳이 그럴 필요는 없을 것 같았다. 어차피 로오나의 집이기도 했으니, 허락을 맡고 온 이상 상관은 없었다.

카르는 문을 밀었다.

끼이익—

문은 녹이 슬었는지 작은 소음을 내며 열렸다.

당연히 아무도 없을 것이라 생각하며 안으로 들어갔건만, 의외로 집 안에는 사람이 있었다.

오만하게 다리를 꼬고 자리에 앉아 있는 흑발 남자와 그런 그의 맞은편에 어색한 자세로 앉아 있는 청년이었다.

두 사람 모두 카르가 아는 사람이었다.

한 명은 당연히 로오나의 아들 마틴이었고,

"…라오?"

한 명은 카르의 동생 라오였다.

조금 달라졌지만 못 알아볼 정도는 아니었다.

키가 좀 더 크고 나이를 먹으면서 어린애 티를 벗은 것이 전부였다. 이전부터 무뚝뚝해 보이는 변함없는 표정을 비롯해 모든 것이 여전히 그다웠다.

십 년을 넘게 얼굴을 마주했는데 고작 그 정도 변한 것 가지고 못 알아볼 리는 없었다.

하지만 카르에게 중요한 것은 3년 만에 재회한 동생의 존재가 아니었다.

오래간만이긴 하지만 전혀 반갑지 않았다.

케로나와 더불어 별로 보고 싶지 않은 얼굴일 뿐이다.

카르는 굳은 얼굴로 라오에게 다가갔다.

"네가 왜 여기 있지?"

"어머니의 심부름을 왔다."

"케로나의 심부름이라……. 뭔지 알겠군."

아무래도 케로나와 자신의 생각이 일치한 모양이다. 케로나 역시 마틴을 재정관으로 회유할 생각인 듯했다.

확실히 마틴은 우수한 인재였다. 아카데미를 우수한 성적으로 졸업한데다 마침 딱 필요한 행정에 관한 부분을 전공했으니 말이다.

하지만 이는 케로나의 실수였다. 애초에 카르와 마틴의 관계를 알고 있었다면 케로나는 마틴을 회유할 생각을 하지 말았어야 했다.

카르와 마틴이 어울린 것은 아주 오래전의 일이다. 더군다나 그 당시 마틴은 마을에서 사는 흔하고 흔한 평범한 소년 중 한 명에 불과했다.

카르의 경우에는 마틴이 로오나의 아들이기도 하고 함께 어울렸던 기억 때문에 아직까지 기억하고 있었다. 반면, 케로나의 경우에는 달랐다. 로오나의 아들과 접점이 있는 것도 아니고, 만약 로오나의 아들의 존재를 알고 있다 치더라도 십 년이 훌쩍 지난 지금에는 잊어버렸을 공산이 높았다. 케로나의 입장에서 마틴은 아카데미를 우수한 성적으로 졸업한 영지민. 때문에 비어 있는 재정관 자리를 대신할 인재 그 이상도 이하도 아니었다.

카르는 마틴을 힐끔 보더니 라오에게 말했다.

"돌아가라."

"납득할 만한 이유를 댄다면."

돌처럼 딱딱한 목소리에 카르가 얼굴을 찌푸렸다.

카르는 손가락으로 마틴을 가리켰다.

"저 녀석, 로오나의 아들이다."

그 말에 라오가 고개를 끄덕였다.

"그렇군."

의외로 납득을 했다.

"로오나의 아들이라……. 너와 친분이 있다면 내가 아무리 구슬린다 해도 소용없겠지."

"알았으면 가버려. 그리고 너희 어머니한테 전해. 수작 부리지 말고 얌전히 지내라고. 이제 당신의 세상은 끝이라고!"

카르가 그답지 않게 화를 내며 라오를 향해 거칠게 말을 쏘아댔다. 한데도 라오는 무덤덤했다.

"알았다."

라오는 바로 자리에서 일어났다.

라오는 무신경하고 딱딱한 녀석이었다. 하지만 멍청하지는 않았다. 지금 상황에서 아무리 마틴을 구슬려 봐도 원하는 바를 이룰 수 없다는 것 정도는 알고 있었다.

라오는 카르를 지나쳐 밖으로 나가며 말했다.

"네가 전해달라는 말, 그대로 전해주지."

“…넌 관심없냐?”

카르가 한풀 누그러진 어투로 물었다.

카르의 말에 라오의 걸음이 우뚝 멈췄다.

살짝 고개를 돌려 카르를 바라본 라오가 되물었다.

“뭐가?”

“영주 자리 말이야. 나나 그 아줌마나 영주 자리에 앉기 위해서 혈안이 되어 있는데 아무래도 넌 무관심하다 싶어서.”

“관심없어.”

라오는 대수롭지 않은 투로 대답하고는 다시 밖으로 걸음을 옮겼다.

“난 이만 돌아간다. 네가 한 말, 한 글자도 빠짐없이 그대로 전해주도록 하지.”

쾅—!

문을 닫고 라오가 밖으로 나갔다. 아마 영주성으로 돌아가 케로나에게 지금 있었던 일을 설명할 것이다.

동시에 자신이 전하라 했던 말도 정말 말 그대로 한 글자 빠짐없이 전할 것이 분명했다.

이제 집 안에 남은 사람은 카르와 마틴 두 사람뿐이다.

어색한 침묵 속에서 마틴이 차를 내왔다.

“소영주님 맞지요?”

찻잔을 카르의 앞으로 내밀며 마틴이 물었다.

카르는 찻잔을 들어 올리며 대답했다.

“아직 기억하고 있네?”

“당연하지요. 그나저나 많이 변하셨습니다.”

“그때부터 십 년이야. 꼬마였던 모습만 기억한다면 잊는 편이 좋아.”

카르는 피식 미소를 지으며 차를 한 모금 마셨다. 어렸을 적의 추억 때문일까, 의외로 편안한 분위기에 마틴은 굳어 있던 긴장을 풀었다.

탁—

카르가 찻잔을 내려놓으며 물었다.

“라오에게 얘기는 들었지?”

“⋯재정관 말씀입니까?”

“그래. 로오나에게 네가 제프리온 아카데미 행정학과를 졸업했다고 들었어. 마침 영지에 재정관 자리가 하나 비는데 네가 해줬으면 해.”

“하하, 그게⋯⋯.”

마틴이 멋쩍은 표정을 지으며 머리를 긁적였다.

라오도 그렇고 너무나 갑작스러웠다.

물론 싫다는 것은 아니다.

마틴의 꿈이 바로 행정관이었다. 그중 돈과 관련된 재정 업무를 주로 전공한 마틴이다.

지금은 평민이라도 교육을 받을 수 있는 시대였다. 하지만 그러기 위해서는 돈이 많이 필요했다. 다행히 시녀는 귀족들을 상대하는 고급 직인데다가 영주의 도움으로 로오나는 벌어들이는 돈의 대부분을 투자해 마틴을 아카데미에 보낼 수 있었다.

하지만 우수한 성적으로 아카데미를 졸업한 데 비해 재정관의 자리는 부족했다. 재정관은 영지의 요직이다. 아카데미를 우수한 성적으로 졸업하는 이들이 매해 나왔지만 귀족들은 딱히 평민을 채용할 필요성을 느끼지 못했다. 똑같은 점수로 아카데미를 졸업했다 하더라도 귀족의 피가 섞인 학생들 위주로 채용되기 때문이다. 그리고 영지를 위하여 일하기 위해 돌아왔지만 돌아온 그 시점에는 영주는 고인이 되어버린 이후였고, 여태껏 케로나는 그를 방치해 두고만 있었던 것이다.

"실감이 별로 나질 않네요."

"안 기뻐?"

입으로 가져가던 마틴의 찻잔이 멈췄다.

"예?"

"네 꿈이 행정관이라며? 하나도 안 기뻐 보이네?"

혹시 자신이 괜한 짓을 한 것일까?

우려의 목소리에 마틴은 씁쓸하게 웃었다.

"그런 건 아닙니다. 단지 아직 실감이 나지 않는다고 할까요?"

한숨을 푹 내쉬며 마틴이 말을 이었다.

"솔직히 기회가 이렇게 갑자기 찾아올 줄은 몰랐습니다. 그동안 아무리 노력해도 하기 힘들었던 자리인데, 가만히 앉아 있었더니 재정관을 맡아달라는 사람이 나타났으니… 실감이 제대로 날 리가 없지요."

“그런가?”

카르는 고개를 갸웃거리며 피식 미소를 지었다.

이윽고는 자리에서 일어나 손을 몇 번 털더니 마틴을 향해 손을 내밀었다.

“앞으로 잘 부탁해.”

갑작스러운 카르의 행동에 마틴은 어리둥절한지 눈을 몇 번 껌벅였다. 멍한 표정으로 카르의 얼굴과 카르가 내민 손을 번갈아보던 마틴은 곧 환하게 웃으며 카르의 손을 잡았다.

“잘 부탁드립니다!”

*　　*　　*

영주성으로 돌아온 라오는 곧장 케로나를 찾았다. 케로나는 라오의 보고를 받고는 거칠게 탁자를 내려쳤다.

쾅―!

주먹이 별로 세진 않았지만 조용하던 방 안은 케로나가 사물을 후려치는 소리로 울렸다.

“뭐라고?”

얼굴을 붉게 물들이며 묻는 모양새가 무척 화가 난 듯싶었다.

케로나의 물음에 라오는 담담하게 대답했다.

“어머니가 말씀하신 사람을 카르에게 빼앗겼습니다.”

“지금 그걸 말이라고 하느냐!”

작은 주먹과는 다르게 케로나의 목소리는 쩌렁쩌렁했다. 한 두 번 호통을 맞은 것이 아닌 듯 갑작스러운 호통에도 라오는 전혀 놀란 기색이 아니었다.

"어쩔 수 없었습니다. 어머니가 말씀하신 녀석은 로오나의 아들이었습니다. 바로 카르 그 녀석 보모의 아들 말입니다."

뜻밖의 말에 케로나가 잠시 주춤했다. 설마하니 아카데미를 졸업한 영지민이 로오나의 아들일 줄은 몰랐다.

입술을 지그시 깨물며 케로나가 다시 입을 열었다.

"그렇다고… 그렇다고 이대로 다 포기하자는 말이냐? 난 그렇게는 못한다."

"헛수고입니다."

라오의 단호한 목소리에 케로나가 자리를 박차고 일어났다.

"라오!"

"말씀하십시오."

워낙 담담한 말투여서 그런지 케로나는 한순간 다리에 힘이 빠진 듯 다시 자리에 풀썩 주저앉았다.

그리고는 가녀린 주먹을 손이 부르르 떨릴 정도로 말아 쥐었다.

"내가… 내가 널 그리 키웠더냐."

아까와는 달리 조용한 목소리다.

하지만 라오는 오히려 케로나의 이런 모습이 더 불편한지 무표정하던 얼굴을 살짝 찡그렸다.

"그럼 아닙니까?"

“······.”

“어머니는 늘 그러셨습니다. 저를 과잉보호하는 것인지, 아니면 다른 생각을 가지고 계신지는 모르겠지만, 저에게는 아무것도 가르쳐 주지 않으셨습니다. 아버지도 어머니도 저에게는 별다른 신경을 쓰지 않으셨습니다. 그래서 저는 어렸을 때부터 늘 검만 휘두르며 살아왔습니다.”

라오는 잠시 말을 멈추고 엄지손가락으로 자신의 왼쪽 가슴을 가리켰다.

“그 결과가 바로 지금의 저입니다. 고지식하고 무뚝뚝한… 감정이 메마른, 검밖에 휘두를 줄 모르는 나무토막이 바로 접니다.”

어떻게 보면 라오는 불쌍한 녀석이었다.

카르는 동생인 라오나 케로나와 사이가 좋지 못했다. 아버지인 페라스 자작은 가족들에게 무신경한 사람이었다.

하지만 카르는 정이라는 것을 알고 자랐다. 아주 어렸을 때에는 어머니의 사랑을 받았고, 그후부터는 로오나의 보살핌을 받으며 자랐다.

하지만 라오는 아니었다. 케로나는 카르의 어머니처럼 누군가에게 정을 나눠주는 사람이 아니었고, 라오의 유모는 라오를 도련님 대하듯 했다.

정을 받지 못한 아이는 삐뚤어지게 마련이다.

하지만 라오는 삐뚤어지지 않았다.

스스로의 말처럼 나무토막마냥 별다른 감정을 가지지 않게 된 것이다.

"제 유일한 친구는 검입니다. 어머니도 아버지도 카르 그 자식도 저에게는 관심 밖입니다."

늘 투탁거리긴 해도 카르와 라오는 사이가 그렇게 심하게 나쁜 편은 아니었다. 외려 유일하게 라오가 자신의 감정을 드러낼 수 있었던 인물이 바로 카르였다.

카르 혼자서 사이가 나쁘다고 생각 했을 뿐이지, 라오는 그렇게 생각하지 않았다.

"그럼 그렇게 아시고… 전 이만 가보겠습니다."

뒤로 한 발자국 물러나는 모습을 보며 케로나는 아무런 말도 꺼내지 못했다.

다행이라면 나가기 전에 한마디는 더 꺼낸 것일까.

"그럼, 안녕……"

하지만 그것마저도 식상한 인사일 뿐이었다.

＊　　　＊　　　＊

카르는 먼저 영주성으로 돌아왔다.

마틴은 잠시 짐을 챙길 것이 있다며 혼자 오겠다고 했다. 카르는 영주성 성문을 지키는 병사들에게 마틴에 관한 언질을 하고 자신의 방으로 돌아갔다.

차 한 잔 마실 정도의 시간이 지나가고, 누군가 문을 두드렸다.

똑똑—

"마틴입니다."

카르는 기다렸다는 듯이 대답했다.

"들어와."

방문이 소리없이 열렸다.

방 안으로 마틴이 걸어 들어왔다. 챙길 짐이 그렇게 많지는 않은 듯 꽤나 빨리 왔다.

카르는 빈자리를 가리켰다.

"여기 앉아."

마틴이 빈자리에 가 앉았다.

"영주성엔 처음이지?"

카르의 물음에 마틴이 고개를 끄덕였다.

"멀리서 보기만 했습니다."

"뭐, 차차 익숙해질 거야. 그보다 여기."

카르가 마틴에게 종이 뭉치를 건넸다.

받아 든 마틴이 물었다.

"이게 뭡니까?"

"영지 재정 장부와 재정관으로서 숙지해 놓아야 할 것들. 애써 정리해 놓은 거니 한번 훑어 봐."

카르가 건넨 것은 지금까지 정리해 놓은 것을 자료로 만든 것이었다. 마틴에게 보여줄 생각으로 미리 정리를 해놓았다.

"오자마자 일입니까?"

장난스럽게 물은 마틴은 카르가 건넨 장부를 살폈다. 장부에는 현 영지 상황과 영지민들의 상황, 주 수입원인 철광석 보급 상태 등이 적혀 있었다.

딸각—

어느 정도 시간이 지나자 카르가 찻잔을 내려놓으며 물었다.

"어때?"

카르의 물음에 마틴은 고개를 저었다.

"최악입니다."

장부를 확인한 마틴이 느낀, 너무나도 간결하면서도 적절한 대답이었다.

"영지 상황이 어떻게 이렇게까지 망가질 수가 있는 겁니까?"

"전시와 비리가 섞이면 그렇게 된다."

"후우, 전 재정관의 재산도 그렇게 많은 편이 아닌데 도대체 돈이 어디로 빠져나간 건지……."

마틴은 장부 한쪽을 툭툭 두드렸다.

그곳에는 전 재정관이 남긴 재산을 몰수한 내역이 실려 있었다.

하지만 그 양은 그리 많지 않았다. 평범한 재정관이 가지고 있다고 보기에는 많았지만, 지금까지 횡령된 금액과는 차이가 컸다.

결국 재정관이 아닌, 다른 쪽으로 돈이 빠져나갔다는 뜻이다.

“뭐, 그건 나중에 알아봐야지. 아무쪼록 수고해. 안 그래도 네가 오기 전까지는 재정관이 해야 할 일을 내가 했으니까. 나도 골머리 좀 썩었거든.”

“한동안 무척 바쁘겠군요. 급여를 받지 못한 병사들도 꽤 되는 것 같습니다.”

“영주 부인은 기사들의 급여만을 우선적으로 챙겼으니까. 나머지는 어디로 간 건지…….”

카르가 한숨을 푹 쉬며 말끝을 흐렸다. 그 모습을 보며 마틴은 잠시 생각하는 듯하더니 말했다.

“영주 부인이 횡령한 것 아닐까요?”

“어느 정도는 맞겠지.”

가능성이 없지는 않다는 뜻이다.

“회수할 방법은요?”

“지금으로선 없어. 장부는 어디까지나 재정관에게 국한되는 증거이지 그녀를 끌고 들어갈 방법은 없으니까.”

카르의 말에 마틴은 심각한 표정을 지었다.

그도 영주성으로 온 이후 카르와 영주 부인의 관계가 별로 좋지 않다는 것쯤은 대충 짐작하고 있었다.

“어쩌다가 이런 영지의 재정관을 하게 됐는지….”

마틴은 골치 아프다는 듯이 한숨을 푹 쉬었다. 돈도 없고 이해관계도 복잡한 영지의 재정관. 그리 달가운 일만은 아니었다.

푸념 섞인 한숨에 카르가 쓸쓸하게 웃었다.

"뭐, 나라고 이러고 싶었던 것은 아니니까. 애초에 싸움을 걸어온 것도 케로나가 먼저야."

"에휴. 뭐, 재정 쪽은 걱정 마십시오."

"그래, 믿지."

의외로 당찬 마틴의 모습에 카르가 뿌듯한 표정으로 대꾸했다. 왜소하게만 보였던 첫인상과는 다르게 꽤나 믿음직했다.

"아, 그런데 이젠 어떻게 하실 겁니까?"

영주 부인과 싸운다고 하면 앞으로도 카르는 계속해서 무언가 행동을 취할 것이다.

영주 부인의 사람이었던 재정관을 해임시킨 것, 그리고 자신을 재정관 자리에 앉힌 것. 이것들도 그 행동 중 하나였다.

마틴의 예상에는 아마 계속해서 영주 부인의 사람들을 쳐내지 않을까 싶었다.

"장부를 잘 봐."

자신의 물음과는 동떨어진 대답에 마틴은 의아한 표정을 지었다. 하지만 카르에게 뭔가 생각이 있겠거니 하며 장부를 다시 한 번 확인했다.

"이상한 것 없어?"

"이상한 거라면 당연히……."

돈이 빠져나간 것이라 대답하려던 마틴은 말끝을 흐렸다. 카르가 묻는 것은 그게 아니었다.

아니나 다를까, 다시 한 번 장부를 자세히 살펴보니 이상한 것은 그것뿐이 아니었다.

"돈이 아닌 철광석 그 자체를 빼돌렸군요. 철광석 거래 내역
이 없어요."

"바로 그거야."

바르는 손뼉을 짝 치며 몸을 일으켰다.

"가자."

＊　　　＊　　　＊

카르는 마틴과 함께 영주성을 나섰다. 호위로는 알베르가
자처하고 나섰다.

카르가 마틴, 알베르를 데리고 간 곳은 영지 외곽에 있는 철
광산이었다. 페라스 자작가의 거의 모든 재정이 바로 철광석
수출에서 나오는 만큼 엄중히 관리되는 곳이었다.

"철광산엔 왜 오신 겁니까?"

철광산으로 향하는 발걸음을 재촉하며 마틴이 물었다. 다짜
고짜 따라오라고 하더니 데리고 온 곳이 철광산이었다.

카르는 바로 눈앞에 보이는 철광산을 보며 대답했다.

"내가 준 자료에서 이것저것 봐서 알겠지? 우리 영지의 수
입원은 이 철광산 하나뿐인 거."

"네. 밀농사가 잘되는 것도 아니고, 여타 작물의 생산도 거
의 없는 땅이죠. 개인적으로 생각하기에는 철광산이 없었다면
영지가 생겨나지도 않았을 것 같습니다."

마틴은 페라스 영지의 환경을 잘 이해하고 있었다. 그 말대

로 사실상 철광산은 페라스 영지의 모든 것이었다.

그렇기에 카르는 이곳을 찾았다.

"그래, 그렇기에 철광석은 우리 영지에 있어서 전부라고 할 수 있을 만큼 중요하지. 한데 그 철광석이 새어 나가고 있단 말이야. 당연히 발로 뛰어서 어떻게 된 일인지 알아봐야지."

"이런 건 굳이 직접 오지 않아도……."

"사람을 시키면 된다고?"

카르가 되묻자 마틴은 고개를 끄덕였다.

카르는 피식 웃으며 계속 걸음을 옮겼다.

"믿을 만한 사람이 있어야지."

카르는 그렇게 말하고는 광부들이 일하는 곳으로 올라갔다. 마틴 역시 다시 걸음을 옮기기 시작했다.

철광산에 올라가 보니 몇몇 광부들이 채취한 철광석을 나르고 있었다. 몇몇 병사들이 그런 광부들을 감시하고, 지휘를 하는 사람은 보호대를 머리에 눌러쓰고 손가락으로 이곳저곳을 가리켰다.

한편 주변으로는 처음 보는 갑옷을 걸친 기사 두 명이 경계를 서고 있었다. 그들은 특이하게도 검은색 복면을 쓰고 있었는데, 분위기로 보아 병사는 아닌 듯했고 기사라고 한다면 어느 소속인지가 불분명했다.

카르가 광부들의 뒤를 따라 철광산으로 들어가려 하자 정체불명의 기사들이 카르의 앞을 막아섰다.

그중 한 명이 앞으로 나서며 말했다.

“이 안으로는 들어갈 수 없소.”

강압적이고 힘이 실린 말투에 알베르가 한 발 앞으로 나섰다.

“영주님이시다.”

“영주?”

의아한 표정을 지으며 정체불명의 기사가 말했다.

“그런 말은 전달받지 못했소만.”

“영주가 자기 영지를 순찰하는 데 꼭 전달이 필요하나? 그보다 너희는 누구지? 페라스 자작가의 병사는 아닌 듯하고, 기사라고 하기엔 소속이 불분명한데.”

“우리는…….”

기사는 하던 말을 멈추고 함께 있던 기사를 바라봤다.

그 찰나간의 순간이었다.

쐐애액—

바람을 가르는 소리와 함께 기사의 품에서 작은 단검이 날아들었다. 기사의 단검은 정확히 카르의 심장을 노렸다.

카앙—!

날카로운 금속음이 퍼졌다. 기사의 단검은 카르의 몸에 상처를 내지 못했다. 카르는 뒤로 몇 걸음 물러서며 소리쳤다.

“암살자다!”

암살자들은 어리둥절해 눈을 깜박이며 카르를 바라봤다. 어떻게 된 일인지, 몸이 쇠로 되기라도 한 듯 검이 들어가질 않았다.

알베르가 검을 빼 들어 암살자들을 향해 휘둘렀다. 암살자들은 어리둥절해하다가 알베르가 달려들자 입고 있던 갑옷을 벗으며 뒤로 빠르게 물러났다. 그 움직임이 꽤나 민첩했다.

하지만 알베르 역시 녹록치 않았다. 뒤로 물러나는 암살자들을 집요하게 쫓으며 알베르가 검을 휘둘렀다.

"하압!"

알베르의 검이 암살자 한 명의 복부를 향해 찔러갔다. 그 순간, 암살자의 눈이 반짝 빛났다.

카앙—!

암살자의 단검이 알베르의 검을 아래에서부터 쳐냈다. 알베르는 손아귀에서 느껴지는 찌릿한 느낌에 인상을 찡그렸다. 방금 전의 한 수로 보아 단순히 암살 실력만 좋은 것이 아닌, 정면 대결에서도 상당한 수준인 것을 알 수 있었다.

암살자는 두 명이었다. 함께 있던 암살자가 곧 가지고 있던 장검을 뽑아 알베르를 향해 달려들었다.

'이런!'

암살자들의 실력이 이 정도일 줄은 몰랐던 알베르는 낭패한 표정을 지었다. 검을 회수해 암살자의 검을 막기는 너무 늦었다.

챙—!

알베르를 향해 찔러가던 암살자의 검을 어느새 다가온 카르가 쳐냈다.

"니들, 누가 보냈지?"

그렇게 물으며 카르가 재차 검을 휘둘렀다. 알베르처럼 매서운 검은 아니었지만, 속도 하나는 충분히 빨랐다.

당연하지만 암살자는 대답하지 않았다. 오히려 다시금 카르의 목숨을 노리고 맞서 검을 휘둘러 왔다.

카앙—!

"큭."

카르의 입에서 신음성이 터져 나왔다. 암살자의 검에는 하얀 아지랑이가 맺혀 있었다. 기사 중에서도 상급 기사들이나 사용한다는 오러였다.

입술을 지그시 깨물며 카르가 입을 열었다.

"역시 대답은 안 할 생각이군."

카르의 검에서도 역시 밝은 빛 무리가 솟아올랐다. 하지만 일반적인 오러와는 다른 것이, 하얀 아지랑이가 아닌 붉은색의 아지랑이였다.

카르는 입가에 씩 미소를 지으며 검을 휘둘렀다.

"그럼 불게 만들어주지."

여전히 암살자는 묵묵부답이었다. 한마디 대꾸라도 할 법하건만, 암살자라는 이유 때문인지 더 이상의 말은 삼갔다. 아마 처음 나눴던 대화에서는 목소리를 바꿨을 것이다.

암살자는 재차 검을 휘둘렀다. 이번에는 카르의 목을 노리고 들어왔다.

카르는 자신의 목을 노리고 들어오는 암살자의 검을 밑에서부터 후려쳤다.

후웅—

카르의 검에 맺힌 붉은 기운이 넘실거리며 암살자를 향해 날아갔다.

그러자 기이한 일이 벌어졌다.

안면에 쓰고 있던 암살자의 복면에 불이 붙었다. 암살자는 화끈거리는 느낌에 한 손으로 얼굴을 감싸며 뒤로 주춤주춤 물러섰다. 카르의 검에 맺힌 붉은 기운은 기이하게도 불처럼 뜨거운 화력을 지니고 있었다.

카르는 그 틈을 놓치지 않았다.

암살자의 품으로 바싹 파고들며 카르는 검을 휘둘렀다.

"큭."

암살자는 자신의 품으로 파고드는 카르를 향해 검을 찔렀다. 이상하게도 카르는 암살자의 검을 피하지 않고 계속해서 돌진했다.

암살자의 눈에는 자신의 검이 카르의 몸을 꿰뚫는 것이 보였다.

임무를 성공했다는 희열을 느끼는 그 순간,

등에서 시큰한 감촉이 느껴졌다.

"커억!"

어느새 뒤로 돌아간 카르의 검이 암살자의 등을 꿰뚫었다. 의문 가득한 표정으로 암살자가 앞으로 쓰러졌다.

"후우."

카르는 이마에 송골송골 맺힌 땀을 손등으로 닦으며 알베르가 있는 곳을 바라봤다.

암살자가 도망가고 있었다. 동료 암살자가 당했으니 상황이 좋지 않다고 판단한 듯했다.

암살자는 재빠르게 모습을 감췄다. 한번 마음먹고 도망치고자 한 암살자를 따라잡기는 힘들었다.

암살자를 놓친 알베르는 낭패한 표정으로 카르를 돌아봤다.

"…죄송합니다. 놓쳤습니다."

"됐어. 몸을 숨기고 도망가는 데 도가 튼 녀석들을 어떻게 잡아?"

카르는 손을 휘저으며 쓰러져 있는 암살자를 바라봤다.

"그보다 이 녀석이나 심문하자고."

"아직 살아 있습니까?"

"죽을 정도는 아니야. 급소에서 약간 빗겨가게 찔렀으니까."

알베르는 카르가 있는 곳으로 다가와 쓰러져 있는 암살자를 살폈다. 암살자는 등에서 피를 뿌린 채 쓰러져 있었다.

한편, 마틴은 멍한 표정으로 한쪽에 풀썩 주저앉아 있었다. 갑작스러운 암습에 다리가 풀린 것이다.

카르는 마틴에게 물었다.

"괜찮아?"

"아, 네……."

말끝을 흐리며 마틴이 자리에 일어났다. 자리에서 일어난 마틴이 슬며시 물었다.

"저… 그, 그건 뭐였습니까?"

"그거?"

카르가 손을 휘저으며 건성으로 대답했다.

"나중에 알려줄게."

카르의 눈이 착 가라앉았다.

"그보다 중요한 것이 있으니까."

알베르가 물었다.

"이번 사건의 흉수 말입니까?"

"그렇지."

3년 전에도 똑같은 일을 당했다. 일단의 무리로부터 습격을 받아 함께 있던 병사들과 기사를 잃었다.

지금이야 힘이 있어서 그런 꼴을 당하지 않았다지만 충분히 기분이 나빴다. 무엇보다도 이번 암습이 그때 일의 연장이라는 느낌이 강하게 들었다.

카르는 암살자의 등에 손을 올렸다.

카르의 손에서 밝은 빛 무리가 터져 나왔다.

"그럼 심문을 시작하지."

*　　*　　*

카르는 암살자를 인적이 없는 광산 구석으로 끌고 갔다. 이 곳은 철광석을 채취하지 않는 곳으로, 광부들은 물론이고 순찰을 도는 병사들도 오지 않았다.

목숨을 위협한 대상을 그냥 넘길 만큼 카르는 너그럽지 못

했다. 더군다나 자신의 목숨을 노릴 만한 이들이 한정되어 있
는 만큼, 암살자를 보낸 녀석을 반드시 알아낼 작정이었다.

알베르와 마틴에게는 철광산의 조사를 맡겼다. 본래 처음
온 목적이 철광석이 빠져나가는 경로를 알아보는 것인만큼 그
일도 중요했다.

알베르는 처음엔 반대했다. 위험한 암살자를 소영주인 카르
와 단둘만 있게 하지 못하겠다는 것이다. 하지만 카르의 계속
되는 고집에 결국 마틴의 호위로 따라나섰다.

카르는 어깨에 짐짝처럼 메고 있는 암살자를 바닥에 내동댕
이쳤다. 암살자는 근처에서 구해온 튼튼한 줄로 손과 발을 묶
은 후였다.

쿵—!

높은 곳에서 떨어져 상당히 아플 텐데도 암살자는 미동조차
하지 않았다. 어떻게 된 일인지 꿰뚫린 등의 상처는 거의 아물
어 있었다.

암살자는 직감적으로 심문을 당할 것이라는 것을 알아챈 듯
입을 다물었다. 카르는 암살자를 발로 툭툭 건드리며 말했다.

"질문하겠다."

대답은 들려오지 않았다.

고개를 끄덕이거나 입을 열거나 하면 될 텐데 그것조차 하
지 않았다.

곧이곧대로 대꾸하고 묻는 대로 대답하는 것은 암살자로서

의 수치이거니와 인생의 마지막을 의미했다.

더군다나 수준이 꽤나 높은 듯 보였으니, 입을 열게 하기는 무척 어려울 것이다.

암살자는 고개를 돌려 카르를 노려봤다.

'순순히 당하지는 않는다.'

암살자는 손에 쥐어진 단검을 굳게 쥐었다. 기회를 틈타 다시 한 번 암습을 노려볼 심산인 것이다.

튼튼한 밧줄에 묶여 있긴 하지만, 조금만 시간이 주어진다면 푸는 것도 가능했다. 암살자는 고문할 테면 해보라는 듯 입을 굳게 닫았다.

"역시 그냥은 대답하지 않겠지?"

카르가 피식 웃었다.

암살자의 눈을 노려보며 카르가 말했다.

"묻는 것에 대답하라."

암살자의 심금을 울리는 목소리. 동시에 머리를 향해 강한 충격이 주어졌다.

'뭐, 뭐지?'

지끈 머리가 아파왔다. 흐려지는 정신을 다잡고자 암살자는 오러를 움직였다.

하지만 역부족이었다. 괴상한 힘이 천천히 머리부터 시작해 몸을 잠식해 나갔다.

카르가 암살자의 머리에 손을 올리며 다시 한 번 말했다.

"묻는 것에 대답하라."

“큭.”

암살자가 짧게 신음했다.

고통스러운지 지속적으로 신음을 흘리며 몸을 꿈틀거렸다. 하지만 잠시 후, 암살자의 움직임이 멈췄다.

카르가 암살자의 몸을 일으켜 세웠다.

멍하니 초점을 잃은 암살자의 눈을 보며 카르가 만족한 표정을 지었다.

“다행히 통하는군.”

씩 웃으며 카르가 물었다.

“배후가 누구지?”

“파거슨……. 페라스 자작가의 총관.”

암살자가 초점없는 눈으로 카르에 묻는 말에 대답했다. 마치 인형이 말을 하듯 목소리에는 고저가 없었다.

당연히 케로나가 배후일 줄 알았던 카르는 눈을 찡그렸다. 의외의 대답에 당황스러웠다.

“파거슨의 배후는?”

“모른다.”

“몰라?”

카르가 미간을 좁혔다.

이렇게 되면 파거슨이라는 총관이 단독으로 저지른 범행인지, 아니면 케로나와 연관이 되어 있는지 알지를 못한다. 카르는 난처한 표정으로 다른 질문을 던졌다.

“네가 속한 길드는 어디지?”

“데드 문.”

암살자의 대답에 카르의 눈이 반짝였다.

데드 문이라는 길드는 이쪽 지방에서 나름대로 이름이 알려진 암살자 길드다.

‘나름 거물 길드로군.’

어쩐지 녀석들의 실력이 평범하지 않다 싶었다. 오러를 사용할 수 있을 정도로 검을 잘 다루는 암살자는 매우 드물었다.

‘아무튼 이래저래 골치 아프군.’

카르는 표정을 찌푸리며 자리에서 일어났다.

결국 건진 것이라고는 파거슨이라는 총관이 배후라는 것과 암살자가 속한 길드뿐이었다.

데드 문은 그 이름이 알려진데 비해 자세한 정보는 별로 없었다. 데드 문의 암살자에게 목숨을 잃은 귀족이 여럿 있지만 본단의 위치가 어디인지, 어떻게 의뢰를 넣는 것인지도 제대로 알려져 있지 않다.

‘데드 문이라……. 조사를 해봐야 하나?’

스릉—

머릿속으로 의문을 떠올리며 카르는 검을 뽑았다.

검을 뽑는 소리에도 암살자는 여전히 초점없이 멍한 표정이다.

“그래도 고통스럽지는 않을 거야.”

서경—

툭—

암살자의 목이 땅에 떨어졌다.

검에 묻은 피를 털어내며 카르는 눈을 찡그렸다.

'그러고 보니 사람 목을 베어보기는 처음이군.'

마의 숲에는 수많은 몬스터가 있었다. 카르는 그곳에서 지내며 마주치는 몬스터를 무수히 많이 죽였다.

그렇기에 생명을 죽이는 감각이 생소한 것만은 아니었다. 사실상 사람을 죽이는 것이 처음인데도 자각은 되면서도 별다른 감흥은 들지 않았다.

검에 묻은 피를 털어낸 카르는 검을 검집에 집어넣으며 돌아섰다.

"소영주님!"

알베르가 카르를 부르며 달려왔다. 조금 떨어진 곳에서 마틴이 걸어오고 있었다.

카르는 자신을 향해 다가온 알베르에게 물었다.

"너희가 왜 여기 있어?"

"걱정이 돼서 빨리 일을 보고 왔습니다. 어떻게… 일은 잘되셨습니까?"

알베르는 그렇게 물으며 땅에 떨어진 암살자의 목을 흘겼다. 카르는 나직이 한숨을 내쉬며 대답했다.

"일단은. 배후도 알아냈고 이 녀석이 속한 암살자 길드도 알아냈어. 다른 거야 물어도 모를 거고……."

"그 정도만 해도 어디입니까. 독한 암살자가 아닌 것이 다행이군요."

"글쎄……."

카르는 옅은 웃음을 지으며 바닥에 떨어진 암살자의 머리를 바라봤다.

이 정도의 실력을 가진 암살자라면 어지간한 고문 정도는 버틸 수 있을 것이다. 카르가 알기로 암살자에게 반드시 필요한 것 중 하나가 바로 고문을 견디는 인내심이었다.

하지만 단순히 독기를 가지고 인내한다고 견딜 수 있는 것이 있고 그렇지 않은 것이 있다. 암살자는 단순히 상대를 잘못 만난 것뿐이다.

그때, 카르의 눈에 암살자의 머리 옆으로 물건 하나가 들어왔다.

"어라?"

카르는 몸을 숙여 돌멩이를 집어 들었다. 돌멩이의 단면은 조약돌처럼 매끈했고, 햇빛을 받아서인지 은은하게 반짝였다.

돌멩이를 이리저리 살펴보던 카르는 곧 진한 미소를 지었다. 지금까지의 스트레스가 한 번에 날아가는 느낌이다.

카르는 옆으로 다가온 마틴에게 돌멩이를 가까이 가져가며 말했다.

"이 주변에 이런 돌멩이가 많이 나는 편이야?"

"그건……. 아, 발광석이군요."

"이게 발광석? 발광석은 좀 더 빛이 많이 나는 돌 아니야?"

발광석이란 햇빛이나 달빛을 받아 반짝이는 돌이다. 은은한 반짝임을 가지고 있다는 장점을 제외하면 별다른 용도가 없어

저급 장신구를 제작하거나 조금 밝은 잠자리를 원하는 이들이
사용하곤 했다.

카르는 손에 들고 있는 돌을 여기저기 뜯어봤다. 매끄러운
단면에 비춘 반짝임이 있긴 하지만, 여타 발광석처럼 밝은 빛
을 내지는 않았다.

"그렇긴 합니다만, 발광석도 종류에 따라 밝음의 정도가 다
릅니다. 영주님이 들고 계신 발광석의 경우 상업성이 떨어지
는 발광석이죠."

"흐음, 그래?"

"이 근처는 발광석이 꽤 많이 나긴 합니다만… 관두시는 것
이 좋습니다. 철광석 채광에 들어가는 노동력에 비해 비효율
적일뿐더러, 발광석 자체가 큰 가치를 지니는 것도 아니거든
요."

마틴의 말에도 아랑곳하지 않고 카르는 주위에 떨어져 있는
발광석 조각들을 살폈다. 그것들을 줍는 카르의 손동작은 마
치 보물을 줍기라도 하듯 아주 조심스러웠다.

마틴과 알베르는 그런 카르를 의아한 눈으로 바라봤다. 쓸
데도 없는 발광석을, 그것도 제대로 빛을 내지도 않는 저급 발
광석을 어째서 살피고 있단 말인가?

궁금증을 참지 못한 마틴이 물었다.

"왜 그러십니까?"

"보물단지를 발견했거든."

카르는 뿌듯한 표정으로 답했다. 설마하니 이런 곳에서 이

것을 발견할 줄은 몰랐다. 더불어 발광석이 '그것'과 동일한 물건일 줄은 몰랐다.

어리둥절한 마틴과 알베르의 표정을 보며 카르가 피식 웃었다.

"두고 봐."

다시 발광석으로 시선을 돌리며 카르가 말했다.

"이 작은 돌멩이가 세상을 어떻게 바꾸는지 지켜보라고."

*　　*　　*

파거슨은 자신의 방에서 느긋이 차를 즐기고 있었다.

요즘 들어 카르라는 녀석 때문에 머리가 아파 이런 티타임이라도 즐기지 않으면 스트레스가 풀리지 않았다.

푹신한 소파에 기대어 막 찻잔을 들어 올리던 파거슨이 이상한 낌새에 고개를 돌렸다.

"벌써 돌아왔나?"

파거슨은 찻잔을 들어 올리며 몸을 일으켰다.

"왔으면 얼른 나오거라."

스슥ー

그 말이 끝나기가 무섭게 천장 위에서 복면인 한 명이 소리 없이 아래로 내려왔다. 암살자는 파거슨의 뒤에서 한쪽 무릎을 꿇고 앉았다.

살짝 눈을 흘겨 암살자를 바라본 파거슨이 물었다.

“결과는?”

파거슨의 물음에 암살자는 자리에서 일어나 고개를 푹 숙이며 대답했다.

“…실패입니다.”

막 찻잔을 입가로 가져가던 파거슨의 손이 멈췄다. 스윽 고개를 돌려 암살자를 노려보며 파거슨이 노한 음성으로 재차 물었다.

“뭐라고?”

“죄송합니다.”

파거슨은 어이가 없다는 듯이 헛웃음을 지었다.

“두 명씩이나 갔는데도 실패라고? 혹시 알베르라는 기사가 내가 생각한 것 보다 더 뛰어나기라도 한가?”

확실히 알베르라는 존재가 변수가 될 수 있기는 했다.

하지만 그래 봤자 엑스퍼트급 기사. 자신이 보낸 암살자는 정면 승부에서도 알베르라는 기사에게 뒤지지 않았다. 하물며 전문 암살 기술을 익힌 녀석들이다. 암습에 실패할 리는 없다고 생각했다.

한데 실패했고, 한 놈만 돌아왔다.

자신의 예측이 틀린 것일까?

아니면 생각 이상으로 두 녀석이 약한 것일까?

어느 쪽이든 실패라는 사실에는 변함이 없지만, 파거슨은 변명이라도 들어볼 생각이었다.

파거슨의 물음에 암살자는 고개를 저었다.

“옆에 있던 기사 때문이 아닙니다.”

“그럼?”

“카르라는 목표물이 문제였습니다.”

예상외의 대답에 파거슨의 눈에 이채가 떠올랐다.

“그 녀석이?”

“네. 2호가 당했습니다.”

암살자의 대답에 파거슨의 미간이 좁아졌다.

“그 녀석에게 2호가 당해? 어떻게 말이냐?”

“저도 잘 모르겠습니다. 저는 그때 알베르라는 기사를 상대하고 있었던지라…….”

“흐음, 변수인가.”

꽤나 실력이 뛰어나다는 것은 어렴풋 알고 있었다. 처음 영지로 들어 올 때 뿔소기사단의 기사들을 쓰러뜨린 것도 있고, 모라스와의 대련에서 승리한 것도 있다.

그렇다고는 해도 기껏해야 금룡기사단의 단장인 알베르 정도의 실력이지 않을까 판단하고 있던 파거슨이다. 그 정도라면 자신이 보낸 두 명의 암살자로 충분히 처리가 가능했다.

하지만 결국 실패했다.

카르가 자신의 예상을 뛰어넘는 뛰어난 실력을 가졌거나 암살자가 거짓을 고하고 있거나 둘 중 하나임이 분명했다.

거기까지 생각이 미치자 파거슨은 흥미롭다는 듯이 턱을 매만졌다.

“두고 봐야겠군.”

“어떻게 하시겠습니까? 다시 사람을 모아 시도할까요?”

암살자는 당장이라도 달려갈 기세였다. 임무에 실패한 것이 못내 마음에 걸리는 모양이다.

하지만 파거슨은 고개를 저었다.

“정말 그 정도 실력이라면 좀 더 고급 인력이 필요할 거다. 하지만 ‘위’에다 그런 지원을 바라기는 힘들 것 같군. 그나마 너희가 와준 것만으로도 고맙지.”

“그럼…….”

“게다가 어린 나이에 그런 실력이라면 이쪽으로 포섭하는 것도 생각해 봐야지. 요즘 위에서도 인재가 없어서 걱정인 것 같기도 하고.”

파거슨이 그렇게 말하며 손을 휘휘 젓자 암살자는 다시 한 번 고개를 숙였다.

“알겠습니다. 그럼 저희는 이만.”

스슥―

암살자들은 그 길로 다시 천장 위로 올라갔다. 파거슨은 다시 여유롭게 찻잔을 기울이며 창밖으로 시선을 던졌다.

‘카르……’

멀찍이서 언뜻 스쳐 본 카르의 얼굴이 떠올랐다.

때마침 창밖으로 동시에 막 돌아오고 있는 카르의 얼굴이 보였다.

“알아봐야겠군.”

카르라는 인물에 대해 좀 더 흥미가 생겼다. 자신이 보낸 암

살자들을 물리칠 정도라면 케로나가 아닌 카르에게 붙는 편이
더 나을 수도 있었다.

아니, 잘만 하면 같은 편으로 끌어들일 수도 있을 것이다.
안 그래도 우수한 인재가 필요하던 중이다.

파거슨은 입가에 미소를 지으며 걸음을 옮겼다.

*　　　*　　　*

카르와 알베르는 지체없이 곧장 영주성으로 돌아왔다. 한
번 습격을 받았는데 또 그러지 말라는 법은 없었다.

암살자는 근처에 잘 묻어주었다. 괜히 사람들에게 발견되어
입에 오르내리는 것보다는, 암살자의 배후에 대해서 조용히
알아보는 편이 나았다.

"오셨습니까?"

성문을 통과하는 카르를 막 내려온 파거슨이 맞았다. 파거
슨의 얼굴을 모르는 카르는 누군가 싶어 고개를 갸웃거렸다.

카르의 표정을 살핀 알베르가 옆에서 귓속말로 말했다.

"페라스 자작가의 신임 총관입니다."

"파거슨?"

"네."

알베르의 대답에 카르는 파거슨을 응시했다.

어차피 돌아오자마자 파거슨을 만나볼 생각이었다. 한 번도
만나본 적이 없으니 그가 어떤 인물인지, 그전까지 무얼 하던

인물인지 아는 바가 없었다.

파거슨을 처음 본 카르의 감상은 이랬다.

'괴상한 녀석이군.'

파거슨은 첫 인상부터 그리 좋지 못했다.

차라리 괴팍한 인상이면 낫다. 자신이 해임시킨 재정관은 딱 보기에도 욕심이 많아 보이는 인상이었다.

하지만 파거슨은 뭐랄까, 그 속을 알 수가 없었다. 적당히 마른 체구에 얼굴은 사람 좋아 보이고, 만면에 떠오른 표정은 순수하게 영주를 걱정하는 총관의 그것이었다.

하지만 그것이 진심일 리는 없으니 문제다. 무슨 속내로 자신에게 먼저 접근하는 것인지 모르니 답답하다.

카르는 파거슨에게로 다가가 물었다.

"파거슨 맞나?"

"네, 맞습니다."

"잠시 따라와."

카르는 파거슨을 지나쳐 영주성으로 향했다. 파거슨은 잠시 의아한 표정을 짓다가 곧 입가에 묘한 미소를 지으며 카르의 뒤를 따라갔다.

"선물은 잘 받았나 보군요."

파거슨의 말에 카르는 걸음을 멈추고 잠시 파거슨을 노려봤다. 그러자 파거슨은 어깨를 으쓱였다.

곧 카르는 둘이서 조용히 이야기할 수 있는 자신의 방으로 파거슨을 데리고 왔다. 차분한 이야기가 될 것 같지 않아 차는 따로 시키지 않았다.

카르가 파거슨의 앞에 털썩 앉으며 물었다.

"너, 뭐하는 녀석이지?"

파거슨은 절대 케로나의 하수인이 아니었다. 단순한 직감이지만 카르는 확신할 수 있었다.

파거슨은 자신에게 먼저 접근을 해왔다. 그리고 암살자를 선물로 빗대어 말했다. 무언가 의도를 가지고 이야기를 나누길 바란다는 뜻이다.

카르는 가만히 앉아 잠시 파거슨의 얼굴을 뜯어봤다. 역시나 표정을 읽기가 쉽지 않았다. 무표정한 눈과 가식 가득한 웃음을 띠고 있으니 속내는 물론이고 성격조차 짐작하기 힘들었다.

파거슨은 머리를 긁적이며 멋쩍게 웃었다.

"대답하기가 곤란한데요."

"암살자를 보낸 녀석, 네가 맞지?"

파거슨은 애매한 표정으로 고개를 갸웃거렸다.

"글쎄요?"

"어떻게 데드 문과 연락이 닿았지? 암살자 길드와 선이 닿아 있는 것을 보면 평범한 총관은 아닌 듯싶은데."

카르의 말에 처음으로 파거슨의 표정이 변했다.

"데드 문… 그건 어떻게 아셨습니까?"

"암살자 녀석이 불었지. 네가 의뢰를 했다는 것도, 자신의 소속이 데드 문이라는 것도."

"그 녀석이 그리 쉽게 저에 대해서 말하지는 않을 것 같은

데, 도대체 어떻게 된 겁니까?"

"지금 그게 궁금해? 당장 목이 달아날 판인데."

"궁금한 것은 궁금한 것이지요. 대답해 주실 수 없겠습니까?"

"안 되겠다면?"

"아쉽지만 어쩔 수 없지요."

파거슨은 다시 느물거리는 미소를 지으며 허허 웃었다. 그 모습이 마음에 들지 않아 카르는 미간에 주름을 잡았다. 추궁을 하고자 했는데, 반대로 질문을 당하고 있으니 기분이 썩 좋지 않았다.

쿵―!

카르는 손바닥으로 탁자를 쳤다. 파거슨의 입가에서 미소가 지워졌다.

"철광산에 대한 것도 네가 꾸민 일인가?"

마틴과 알베르가 조사해 온 결과, 철광석의 유통 과정은 대부분 총관을 통해 이루어졌다. 재정관이 철광석을 빼돌리고자 했다면 반드시 그 과정에서 총관의 손을 거쳐야 하는 것이다.

"이미 알고 계신 것처럼, 맞습니다. 암살자를 보낸 것도, 재정관을 통해 철광석을 빼돌린 것도 전부 제가 한 일입니다."

"역시……. 빼돌린 철광석은 어디로 갔지?"

재정관의 모든 재산은 압수했다. 하지만 장부에 기록된 만큼 막대한 양은 아니었다.

재정관이 빼돌린 철광석의 대부분이 어디론가 사라졌다. 장부에도 기록되어 있지 않고, 어딘가 거래 내역이 남아 있는 것도 아니었다. 사라진 철광석은 그 행방이 묘연해 아직까지 찾지 못하고 있었다.

"그건 말씀드리기가 곤란합니다."

파거슨은 머리를 긁적이며 대답했다. 카르는 눈살을 찌푸리며 다른 질문을 던졌다.

"지금까지 일, 모두 너 혼자 꾸민 일인가?"

"그렇다고 볼 수 있지요. 하라스 자작가의 기사들을 끌어들이는 것도, 철광석을 빼돌리는 것도, 암살자는 고용하는 것도 모두 제가 건의드린 일이니까요."

파거슨의 대답에서 카르는 한 가지를 알 수 있었다.

'케로나는 껍데기로군.'

케로나는 겉을 표방하는 껍데기일 뿐, 지금 보니 알맹이는 총관이었다. 묻는 것에 순순히 대답하는 것으로 보아 아무래도 믿는 구석이 있는 모양이다. 역시나 평범한 총관이 아니었다.

"암살자를 처리한 사람이 영주님이라지요?"

갑작스러운 물음에 카르는 상념에서 깨어났다.

오는 게 있으면 가는 것도 있는 법이라고, 지금은 자신이 대답을 해주어야 할 때였다.

고개를 끄덕이며 카르가 대답했다.

"그래."

"호오, 나름대로 쓸 만한 녀석들로 보냈는데 대단하십니다."

순수하게 감탄하는 것인가?

아니면 단순히 띄워주는 것인가?

파거슨이 말을 이었다.

"실력이 꽤 뛰어나신 모양입니다. 혹시라도 나중에 견식할 기회를 주실 순 없겠습니까?"

언뜻 영양가없는 말장난 같지만 실상은 아니었다. 암살자를 처리할 만큼 뛰어난 검술이니 그것을 증명해 달라는 뜻이기도 했다.

카르는 잠시 대답을 머뭇거리다가 역으로 물었다.

"그쪽 실력도 괜찮은 것 같은데?"

"농이 지나치십니다. 힘없는 관리가 무슨 실력이 있겠습니까."

"기세를 감추려면 제대로 감춰야지, 못 알아볼 줄 알았나?"

카르가 입가에 미소를 지었다.

갈무리한다고 하는 중이지만, 카르는 파거슨의 기세를 느끼고 있었다. 그것은 날카롭게 벼려진 예리한 장검과 같은 깊은 경지에 달한 무인의 기세이자 발톱을 숨긴 사자의 기세라 할 수 있었다.

파거슨이 놀란 표정을 지었다.

'이거 정말 물건이군.'

내심 암살자 녀석들이 문책을 피하고자 알베르에게 된통 당하고 거짓 보고를 한 것이 아닐까 했다.

하지만 그게 아닌 모양이다. 자신이 기세를 감추고 있다는 것까지 알아차린 것을 보면 암살자 녀석들이 당한 것도 이해가 갔다.

파거슨의 미소가 더욱 진해졌다.

"왜 그러지?"

반대로 카르의 표정은 더욱 구겨졌다.

저 미소가 의미하는 뜻을 잘 모르겠다.

파거슨은 끝내 킥킥거리며 웃음을 흘렸다. 험악해지는 카르의 얼굴을 힐끗 바라본 파거슨은 손등으로 입가를 가리며 말했다.

"아, 죄송합니다. 소영주님의 대답이 너무 마음에 들어서 말이죠."

그러면서도 파거슨은 계속 키득거렸다. 뭐가 그리 웃긴지, 아니면 즐거운지 한참을 웃던 파거슨이 입에서 손을 뗐다.

카르는 불쾌했다.

뭐하는 녀석인지는 모르나 자신의 말에 실성한 사람마냥 웃고 있으니 절로 주먹이 쥐어진다.

"후우."

한숨을 푹 내쉰 카르가 다시 물었다.

"뭐가 그리 웃기지?"

"웃기다기보다는 즐겁습니다. 영주님, 혹시 저와 함께하실 생각은 없으십니까?"

카르는 눈살을 살짝 찌푸렸다.

"그건 또 무슨 소리야?"

"자세한 건 말씀드리기 어렵습니다. 하지만 만약 저와 함께 하시겠다면 지금 처한 난관 정도는 충분히 해결이 가능할 거라 확언 드립니다."

"난관?"

"영지 내의 분란 말입니다. 수락만 하시면 케로나 따위는 제가 쉽게 정리해드릴 수 있습니다."

아무렇지도 않게 사악하게 웃는 파거슨의 모습에 카르는 눈을 동그랗게 떴다.

이게 무슨 소리란 말인가.

케로나를 정리해 준다니? 혹시 배신이라도 하겠다는 건가?

아무래도 그런 듯했다. 그도 그렇지만 자신과 함께하겠냐느니, 무슨 뜻인지 선뜻 이해가 가지 않았다.

하지만 이내 그 뜻을 이해하고는 눈을 가늘게 좁혔다.

'그런 거군.'

이제 이해가 갔다.

역시나 평범한 총관은 아니란 이야기다.

어딘가 모를 단체에 소속되어 페라스 자작가의 철광석을 노리고 숨어든 녀석이다. 혼자의 몸으로 들어와 케로나를 구슬리고 막대한 양의 철광석을 빼돌렸다.

사실상 영지를 이 지경으로 만든 최대의 원흉은 케로나가 아닌 파거슨인 셈이었다. 어쩌면 3년 전 자신을 노린 암살자를 보낸 이는 케로나가 아닌 파거슨일지도 모르겠다.

카르가 어이가 없어 살짝 실소를 짓자 파거슨이 의아한 표정으로 물었다.

"왜 그러십니까?"

"어처구니가 없어서 그렇다."

파거슨이 소속된 단체가 어딘지는 몰라도 자신을, 페라스 자작가를 너무 우습게 봤다. 아버지가 살아 있을 때만 해도 이런 일은 없었다.

이런 날파리는 꼬이지 않았다.

카르는 자리에서 일어나며 방금 전 파거슨의 물음에 대답했다.

"거절하지."

느물거리던 파거슨의 입가에서 미소가 사라졌다. 무표정을 넘어 차갑게 굳어진 파거슨의 얼굴은 사람 좋은 관리가 아닌, 사람을 죽이는 검사의 얼굴에 가까웠다.

"진심이십니까?"

그렇게 묻는 파거슨의 목소리에는 날이 서 있었다. 순간적으로 밀려오는 섬뜩한 느낌에 닭살이 돋는 듯했다.

"난 내 목을 노린 녀석과 한배를 탈 만큼 넉살이 좋지 않거든."

어깨를 으쓱이며 능청스럽게 대답하는 카르를 보며 파거슨은 실눈을 뜨며 말했다.

"그 결정, 후회하실 겁니다."

그 말에 카르가 크게 웃었다.

“하하하! 네가 속한 그곳을 믿고 그러는 거야?”

파거슨은 묵묵히 대답이 없었다.

웃음을 뚝 그친 카르가 파거슨을 노려봤다.

“목이나 씻고 기다려.”

카르가 살기까지 풀풀 날리며 말하자, 파거슨은 머리가 삐죽 서는 느낌이 들었다. 하지만 오히려 그 기세에 파거슨은 미소를 지었다.

보아하니 재고를 바라기는 어려울 것 같다. 그렇다면 이제 완전히 적으로 돌아선 것이다.

“기다리고 있겠습니다.”

파거슨이 고개를 숙여 가식 어린 예를 갖췄다.

카르는 걸음을 옮겨 자신의 방을 나섰다.

Chapter 05
반란의 진압

마탑의 영주

다음날.

파거슨은 자신의 집무실로 모라스를 불렀다.

모라스는 갑작스러운 호출에 총관 집무실로 걸음을 옮겼다.

가고 있는데 중간에 케로나가 보였다.

"어딜 가십니까?"

이 시간이라면 보통 집무실에서 업무를 보고 있을 시간이
다.

물론 집무실은 카르가 자리 잡고 있었다. 케로나는 요즘 자
신의 방에서 빈둥대는 게 일이었다.

케로나는 모라스를 한 번 흘겨보더니 퉁명스럽게 대답했다.

"파거슨에게 간다."

“저랑 방향이 같군요. 혹시 부인께서도 그가 불러서 가는 겁니까?”

“그래.”

케로나는 짤막하게 대답하고는 걸음을 재촉했다. 모라스는 어깨를 한 번 으쓱이고는 케로나의 뒤를 따랐다.

집무실에 도착하자마자 케로나는 다짜고짜 노크도 없이 문을 열었다. 문을 열자 파거슨이 차를 준비해 놓고 기다리고 있었다.

“어서 오십시오. 같이 오셨네요?”

파거슨이 느물느물하게 웃으며 자리를 권했다. 케로나와 모라스를 서로 눈을 한 번씩 보더니 파거슨이 가리키는 자리에 가 앉았다.

케로나는 자리에 앉자마자 용건을 꺼냈다.

“그래서, 용건이 뭐지?”

요새 심기가 무척 좋지 않은 케로나였다. 원래라면 파거슨이 자신에게 찾아 와야 하는데, 이렇게 자신을 불렀으니 반드시 중한 용건이 있어야 했다.

파거슨은 양손으로 턱을 괴며 곧장 본론을 말했다.

“영주를 몰아냅시다.”

“뭐?”

모라스가 크게 반응했다. 케로나 역시 눈을 크게 뜨며 다소 놀란 목소리로 물었다.

“갑자기 그게 무슨 소리지?”

"암습에 실패했습니다. 최선책이 실패했으니 이제 차선책을 실행해야 할 때지요."

"암습?"

모라스와 케로나가 파거슨의 얼굴을 번갈아봤다. 하지만 이내 전후 사정을 파악하고는 고개를 끄덕였다. 자신이었어도 그런 선택을 내렸을 것이다.

케로나의 표정이 사정없이 구겨졌다.

"형편없는 암살자들을 골랐나 보군."

"나름 수준있는 녀석들이었습니다만, 함께 있던 알베르라는 기사가 뛰어난 것인지, 아니면 예상 외로 영주가 실력이 높은 것인지 아무튼 실패했습니다. 그보다 두 분, 어떻게 하시겠습니까?"

"으음."

케로나는 살짝 고민하다가 대답했다.

"실패할 리는 없겠지?"

"당연합니다. 뿔소기사단은 물론, 금룡기사단 내에서도 반수 이상 회유가 가능할 겁니다. 엑스퍼트급 기사인 모라스님도 있는데다 금룡기사단까지 회유를 한다면 기사가 오십이 넘습니다. 소영주가 마스터라도 되지 않는 이상 실패할 리가 없지요."

"그렇다면 좋다. 모라스, 넌 어떻게 할 거냐?"

케로나가 고개를 끄덕여 수긍하며 묻자, 모라스는 살짝 갈등하는 표정을 지었다.

어차피 계약 조항에 의해 며칠 내로 영지를 떠야 하는 그였다. 어쩔 수 없이 하라스 자작가로 내쫓겨 후일을 도모하려고 했었다.

어느 쪽이 더 이득일까?

잠시 자신에게 돌아오는 이익을 재던 모라스는 결국 결정을 내렸다.

"저도 동참하죠."

파거슨이 씩 웃었다.

"다행입니다. 모라스님 도움없이는 움직일 수 없거든요."

파거슨의 말에 모라스는 고개를 끄덕이며 물었다.

"구체적으로 어떻게 움직일 생각이지? 무엇보다 영주를 몰아내려 한다면 그럴듯한 명분 하나 정도는 준비해야 할 텐데?"

"명분이야 결국 힘을 가진 자의 것 아니겠습니까? 조금 억지스럽긴 하나 그럴듯한 명분은 만들 수 있습니다. 영주가 가짜라는 거짓 명분을 만들 수도 있고, 죽은 페라스 자작의 유언장을 꾸밀 수도 있지요."

두 가지 모두 카르의 지난 삼 년 행적이 묘연하기에 가능한 명분이었다. 확실히 다소 억지스러울 수 있으나 카르의 존재를 증명하는 증거를 조작할 수만 있다면 그럴듯한 명분이 될 수 있었다.

모라스가 자리에서 벌떡 일어나며 물었다.

"시행 날짜는 언제지?"

모라스는 이를 부득 갈았다. 아직까지 카르에게 당한 수모는 잊지 않고 있었다.

모라스의 물음에 파거슨은 턱을 쓰다듬으며 답했다.

"빠르면 빠를수록 좋지요. 기사들만 준비된다면 내일 당장
이라도 가능합니다."

그 말에 앉아 있던 케로나가 대뜸 말했다.

"빠르면 빠를수록 좋지."

파거슨이 씩 웃었다.

"그럼 준비해 두겠습니다."

*   *   *

암살자란 돈 많은 자들의 검이나 다름없다.

돈을 주고 사람을 죽이는 일은 왕국법상 불법이었다. 하지
만 암살자 길드는 불법 길드인 것과 동시에 암암리에서 합법
으로 인정받은 길드였다.

암살자 길드의 규모는 크다. 여러 갈래로 나뉘어 있다 뿐이
지, 그들을 제제하기 위해서는 사실상 전쟁이라도 벌어야 하
는 판이다.

데드 문은 페라스 영지가 있는 남쪽 지방의 암살자 길드 중
유일하게 이름이 있다 할 만한 곳이다. 실력있는 암살자도 다
수 있었고, 정보 쪽으로도 상당한 영향력을 가진 곳이었다.

나름대로 골치 아픈 곳이었다. 더군다나 문제는 파거슨의
배후가 데드 문인지, 아니면 연계되어 있는 다른 단체인지 알

지 못한다는 점이다.

카르는 데드 문에 관한 자료를 모아놓고 머리를 싸맸다. 파거슨에 대한 단서로는 데드 문이라는 연결 고리가 유일했다.

"이게 전부인가?"

잘 알려진 단체인만큼 생각보다 정보는 많았다. 당장 마틴에게 정보를 모아 달라고 했더니 꽤나 많은 양의 정보가 나왔다.

하지만 대개 쓸모가 없었다. 풍문으로 떠도는 소문이나 익히 알고 있는 것뿐이었다.

카르는 손에 들고 있던 종이를 책상 위로 툭 던지며 의자에 몸을 기댔다.

"별로 쓸 만한 게 없는데……."

카르가 머리를 긁적이며 고민하자 데드 문에 관한 정보를 추려 온 마틴이 물었다.

"어제 암살자가 데드 문의 암살자였습니까?"

"그래. 총관 녀석이 보낸 녀석이야."

"역시군요. 그런데 그들은 단지 의뢰를 받았을 뿐 아닙니까? 암살자 길드에 관해 조사를 하는 것이 무슨 도움이 될까요?"

"총관 녀석, 평범한 녀석이 아니야. 배경이 있는 녀석이 무언가 이해득실을 따져 의도적으로 영지로 접근했어."

카르는 어제 파거슨과 나눈 대화를 이야기했다.

이야기를 들은 마틴은 미간을 좁히며 근처 소파에 털썩 앉왔다.

"복잡해지겠네요."

"뭐, 그렇지. 우선은 데드 문에 관해 알아보는 수밖에, 그거 외에는 단서가 없으니."

"어차피 지금 드린 것들은 당장에 구할 수 있는 정보일 뿐입니다. 급하게 드리느라 별다른 정보는 없을 테고, 좀 더 시간을 들여 조사하면 뭔가 나올 겁니다."

"그래, 수고 좀 해줘. 너도 알다시피 지금 영지에서 부려먹을 사람이라곤 너밖에 없으니까."

카르의 농담 아닌 농담에 마틴이 피식 웃으며 자리에서 일어났다. 방금의 말처럼 돌아가서 데드 문에 관한 조사를 좀 더 해볼 생각이다.

"그럼 전 이만 가보겠습니다."

"그래, 가봐."

카르는 상투적으로 인사를 하고는 다시 마틴이 가져온 자료에 시선을 돌렸다. 마틴이 막 문을 열고 밖으로 나갔다.

"아, 안녕하십니까?"

마틴이 문을 열고 누군가에게 인사를 하자 카르가 고개를 들었다. 마침 모라스가 들어오고 있었다.

카르는 자료를 한데 모아 정리를 하고는 집무실 안으로 들어오는 모라스에게 물었다.

"무슨 일이냐?"

"용건이 있소."

“그놈의 말투는 여전하군.”

모라스의 표정이 찡그러졌다. 하지만 애써 침착함을 유지하고자 모라스는 헛기침을 했다.

“흠흠. 내일 이 시간, 정원에서 만나지.”

“왜?”

“다시 대련을 신청하는 바이오. 저번에는 내가 방심해서 허무하게 패했지만, 이번에는 그렇게 되지 않을 것이오.”

카르는 눈을 몇 번 껌벅이더니 어이없다는 듯 피식 웃었다. 다시 해도 결과는 같았다.

“이번엔 뭘 걸고? 참고로 사흘 남았어.”

사흘.

모라스가 기사들을 데리고 하라스 자작가로 돌아가야 하는 시일이다. 카르에게 패한 그 시점으로부터 열흘 이내로 영지를 뜨는 것이 계약 내용이었다.

그로부터 육 일이 지났으니 이제 모라스는 사흘 안으로 기사들을 데리고 영지를 떠나야 했다.

계약 내용을 들먹이자 모라스의 표정이 사정없이 구겨졌다. 안 그래도 신경 쓰이고 근래 짜증이 나던 부분을 건드리니 머리끝까지 화가 뻗쳤다.

바스러져라 주먹을 쥔 모라스가 낮게 씩씩거리는 목소리로 말했다.

“할 거요, 말 거요?”

“조건만 맞으면. 어차피 넌 평생 가도 날 못 이기니까. 구미가 당길 만한 제안을 해봐.”

비아냥거리는 듯한 카르의 말투에 모라스의 이마에 힘줄이 솟았다. 이를 바득 갈며 모라스가 악에 받친 듯 대답했다.

“개인 사비라도 털어서 배상금을 더 낼 테니 한 번 더 싸웁시다. 이대로는 울화통이 터져서 못 살겠으니.”

모라스의 반응에 카르는 피식 웃음을 흘렸다. 그 때 이후로 자신만 보면 이를 갈더니, 꽤나 열이 받은 모양이다.

“그렇다면야 뭐. 그래, 반대로 내가 지면 원하는 게 뭐지? 배상금 문제를 없었던 것으로 해달라는 건가?”

“그렇소. 배상금 문제는 없었던 것으로 했으면 하오.”

어떻게 보면 카르가 손해 보는 내기였다. 모라스가 개인 사비를 털어봤자 그렇게 많은 돈이 나오는 것도 아닐 테니 말이다.

하지만 어차피 반드시 이기는 내기였다. 몇 번을 싸우든 카르는 모라스에게 이길 자신이 있었다.

카르는 잠시 생각하다가 고개를 끄덕였다.

“뭐, 어차피 질 일도 없으니. 알았다. 그럼 네가 떠나는 사흘 뒤 아침으로 하지.”

“사흘 뒤라……. 그럼 그렇게 알고 기다리겠소.”

모라스는 비릿한 웃음을 지으며 몸을 돌렸다. 카르는 집무실을 나서는 모라스의 뒤를 물끄러미 바라봤다.

*　　　*　　　*

집무실을 나선 모라스는 곧장 파거슨을 찾았다. 일이 계획대로 되었으니 알리기 위해서였다.

모라스가 찾아오자 파거슨과 함께 있던 케로나가 다급한 어조로 물었다.

"어떻게 되었느냐?"

모라스는 조심스레 문을 닫으며 주변을 살폈다.

파거슨과 케로나 단둘만 있다는 것을 확인한 모라스가 고개를 끄덕여 대답했다.

"사흘 후 이 시각 영주성의 정원으로 나오기로 했습니다. 그 과정에서 조금 과한 조건을 걸긴 했지만… 뭐, 어차피 진짜 대련을 할 것도 아니니까요."

"그래? 그렇게 되었단 말이지?"

케로나의 표정이 활짝 펴졌다. 무리수이긴 하지만 내일이면 골칫거리가 사라진다는 생각에 오래간만에 마음이 편해졌다.

"기사단은 일부 기사들을 제외하고는 포섭이 끝난 상태입니다. 그동안 받아먹은 것이 있는지 말 몇 마디에 넘어오더군요. 물론 알베르를 포함, 평소에 말을 잘 듣지 않던 기사 몇몇은 제외입니다."

기사단에게 다녀온 파거슨의 말이었다. 케로나는 별것 아니라는 투로 받았다.

"필요없어. 말을 듣지 않으면 같이 제거해 버리면 그만이야."

"하지만 현 영주는 몰라도 알베르라는 기사에 대한 기사단의 우호도는 상당합니다. 괜찮겠습니까?"

"끄응. 언제나 그놈이 골칫거리로군."

케로나는 머리를 싸매며 얼굴을 찌푸렸다. 처음 기사단을 휘어잡으려 했을 때에도, 하라스 자작가에서 기사단을 들이려 했을 때에도 알베르는 늘 걸림돌이었다.

알베르는 우직하다. 때문에 원칙에서 벗어나는 일은 그냥 두고 보지 않았다.

물론 그러한 점 때문에 기사단 내에서 신망이 두터운 것이지만, 케로나의 입장에서는 답답한 노릇이었다. 기사단을 꽉 쥐고 놓으려 하지 않으니 기사단 하나 회유하는데 걸린 시간이 삼 년이나 되는 것이다.

이번에도 그렇다. 알베르 녀석이 멋대로 잘못 움직인다면 자칫 일을 망칠 수도 있었다.

"어떻게든 내일까지만 붙들어 놔. 그래, 몬스터가 출몰했다는 핑계로 며칠 보내 버리면 되겠군."

케로나가 손뼉을 짝 치며 말하자, 파거슨이 고개를 끄덕이며 씩 웃었다.

"그러면 되겠군요. 알겠습니다."

"그럼 이렇게 골칫거리도 사라지고, 그럼 다 해결된 건가?"

정말 즐거운 듯 케로나가 활짝 웃었다. 모라스 역시 내일 일이 기대되는지 킥킥거리며 웃고 있었다.

그리고 다른 한 사람, 소리없이 웃고 있는 사람이 있었다.

"뭐야? 그런 거였어?"

*　　　*　　　*

연무장에서 검을 휘두르던 알베르는 갑작스러운 명령에 당황스러운 표정을 지었다.

"몬스터 출몰?"

"네. 여기 함께 갈 기사들의 명단입니다."

명령을 전달하러 온 사람은 케로나가 보낸 하인이었다. 하인이 한 장의 종이를 건네자 그것을 받아 들며 알베르가 의아한 표정을 지었다.

"하지만 지금은 몬스터 출몰 시기가 아니지 않나?"

"자세히는 모르겠지만 아무래도 병사들이 잘못해서 몬스터들의 근거지를 건드린 모양입니다."

"그래?"

알베르는 찝찝한 표정을 지으며 휘두르던 검을 검집에 넣었다. 그러면서 슬쩍 종이를 훑었는데, 익히 아는 이름들이 적혀 있었다.

한데 한 가지 의문점이 들었다. 적힌 기사 모두가 한 가지 공통점을 가지고 있었다.

'마님께 반감을 가지고 있는 기사들이군.'

이들 모두가 케로나에게 짙은 반감을 가지고 있는 기사들이었다. 자신을 포함해 고작 다섯. 이들 모두가 몬스터 출몰에 나가게 되는 것이다.

더불어 의문이 하나 더 남았다.

'몬스터 출몰이라…….'

이 시기는 몬스터가 출몰하지 않았다. 아무리 병사들이 몬스터들의 근거지를 건드렸다고 해도, 이 시기에 마을까지 피해를 입는 것은 지난 십수 년 이래로 처음이었다.

이리저리 미심쩍은 구석이 많았다. 의혹과 함께 강한 불신이 피어올랐다. 혹시 케로나가 무슨 큰일을 저지르려는 것은 아닌지 걱정이 되었다.

하지만 그렇다고 명령을 받들지 않을 수도 없었다. 상황이 어떻건 자신은 기사였으니까.

알베르가 살짝 입술을 깨물며 주먹을 쥐자 하인이 고개를 갸웃거리며 물었다.

"왜 그러십니까?"

"아무것도 아니다."

알베르는 무거운 마음으로 한쪽에 놓아둔 갑옷을 걸쳤다. 하인은 그런 알베르의 눈치를 보다 고개를 꾸벅 숙이고는 돌아갔다.

알베르는 대충 수건으로 이마에 흐르는 땀을 닦고는 곧장 카르에게로 걸음을 돌렸다. 서둘러 집무실에 찾아가 보니 아무도 없었다.

'어딜 가셨지?

알베르는 마침 지나가던 마틴에게 물었다.

"혹시 영주님이 어디에 계시는지 아십니까?"

"영주님?"

마틴은 들고 있던 서류로 영주성 밖을 가리켰다.

"아까부터 정원에서 어슬렁거리시던데요? 뭔가 하고 계시는 듯했습니다."

"정원에서?"

"네. 저도 방금 검토 맡고 오는 길입니다."

마틴은 한 손으로 서류를 툭툭 건드렸다. 알베르는 살짝 고개를 숙여 인사를 하고는 자리를 떴다.

영주성을 나서 정원으로 가니 카르가 한쪽에서 어슬렁거리고 있었다. 자세히 보니 정원을 돌아다니며 기다란 막대로 선을 긋고 있었다.

알베르는 잠시 그 모습을 지켜보다 카르에게 다가가 물었다.

"무얼 하고 계십니까?"

알베르의 물음에 카르의 행동이 잠시 멈췄다. 들고 있던 막대를 들어 올리며 카르가 허리를 쭉 폈다.

"휴, 힘들다."

"이게 뭡니까?"

알베르는 카르가 정원에 그려놓은 희미한 자국을 따라 시선을 돌렸다. 워낙 희미해 자세히 보지 않으면 있는지도 눈치 못 챌 정도였다.

카르는 알베르와 마찬가지로 막대를 가리키며 선을 확인했다. 잠시 선을 확인하던 카르가 그제야 알베르에게로 시선을 주었다.

"왔어?"

"오긴 왔습니다만……. 지금 무얼 하고 계시는 겁니까?"

"알 것 없어. 대충 다 마무리도 다 됐고."

카르는 두루뭉술하게 대답하고는 막대를 한쪽으로 던져 버리고 손을 툭툭 털었다. 알베르는 그런 카르의 모습이 의아했으나 자신이 찾아온 본래의 목적을 상기하고는 입을 열었다.

"몬스터가 출몰했다 합니다."

"그래?"

"이상하지 않습니까?"

카르는 고개를 갸웃거리며 되물었다.

"뭐가?"

"전대 영주님부터 제가 페라스 영지에 의탁한 지 벌써 십오 년입니다. 몬스터들의 근거지를 건드렸다고는 하지만… 아무래도 수상쩍습니다."

"그랬던가? 잘 모르겠군."

카르는 씩 웃으며 다시 물었다.

"그래서 요점이 뭐지?"

"저를 비롯한 다섯 기사가 몬스터 출몰 때문에 한동안 영주성을 비우게 됐습니다. 그리고… 그들은 모두 마님께 반감을 가지고 있는 기사들입니다."

알베르 딴에는 심각한 이야기였다. 그리고 이쯤 이야기했으면 카르 역시 경각심을 가져야 했다.

한데 정작 심각한 사람은 알베르뿐이었다. 카르는 시큰둥한 표정으로 답했다.

"알고 있어."

"예? 영주님도 마님께 언질을 받은 겁니까?"

혹시 자신의 걱정이 괜한 기우였나 하는 생각이 들어 알베르의 표정이 살짝 풀어졌다. 물론 그건 아니었다. 카르는 머리를 긁적이며 어색하게 말했다.

"그건 아니고, 그냥 어떻게 알게 됐다."

"그럼……."

"신경 쓰지 말고 다녀와. 별일없을 거야."

카르는 발밑에 있는 희미한 선들을 물끄러미 바라보다가 씩 웃었다.

"내가 어떻게든 할 테니까."

*　　*　　*

알베르는 케로나가 정한 다섯 명의 기사와 함께 베라 마을로 떠났다. 베라 마을은 영주성에서 말을 타고 두 시간 정도 거리에 있다.

카르는 평소와 같이 집무실에 틀어박혔다. 영지로 돌아온 지 이제 보름이 넘었다. 그 시간에 우선적으로 처리할 일들은 처리했고, 쉬지 않고 서류를 정리한 끝에 이제 어느 정도 윤곽을 잡을 수 있었다.

문제는 그 윤곽을 도드라지게 할 배경을 만들지 못했다는 것이다. 아직 내부에 방해되는 분란 요소가 많았다.

가장 큰 골칫거리는 역시 파거슨이었다. 하라스 자작가에서 찾아온 기사단 역시 골치였지만 다행히 처리가 가능했다. 재정관 역시 쉽게 처리되었다. 케로나는 허수아비였다.

파거슨.

그 녀석이 지금 영지를 이렇게 만든 주범이나 마찬가지다.

그리고 그 녀석을 쳐내기 위해서는 아이러니하게도 허수아비를 먼저 쳐내야 했다. 알맹이가 껍질을 방패 삼아 몸을 보호하는 격이었다.

하지만 안심이었다.

예상 외로 길어지리라 생각한 이 질긴 줄이 쉽게 끊어질 것 같았다.

카르는 편안한 마음으로 잠이 들었다.

사흘 후 아침. 여지없이 카르의 방으로 로오나가 찾아왔다.

똑똑―

"영주님."

평소와 같이 로오나의 손에는 아침 식사가 들려 있었다. 카르가 돌아온 후 로오나는 매일같이 이렇게 카르의 아침을 챙겼다. 오늘은 평소보다 좀 더 푸짐한 식단이었다.

한데 아직까지 잠을 자고 있는 것인지 카르는 대답이 없었다. 로오나는 카르가 늦잠을 잔다고 생각하며 천천히 문을 열었다.

"영주님, 이제 일어나실 시간입니다."

로오나는 아침 식사가 올라가 있는 쟁반을 탁자 위에 두고 침대로 걸어갔다. 평소처럼 이불 속에 파고들어 자고 있는지 카르의 얼굴이 보이지 않았다.

로오나는 침대 옆에서 한숨을 푹 내쉬고는 이불을 걷었다.

"영주님……?"

이불을 걷어낸 로오나의 눈이 커졌다.

늦잠을 자는가 싶었는데 이미 일어나서 어디로 갔는지 카르가 없었다. 잠이 그렇게 많은 편은 아니지만 카르는 꼭 잠은 챙겨 잤는데 드문 일이다.

'어딜 가셨지?'

이른 아침.

카르는 정원에 가 있었다.

약속 시간까지는 아직 남아 있었지만, 역시나 모라스와 파거슨을 비롯한 기사들 역시 약속 시간보다 훨씬 빨리 도착해 있었다.

카르는 기사단 가장 앞에서 걸어오는 모라스에게 손을 흔들었다.

"이제 오나?"

"생각보다 빨리 오셨군."

"그건 너도 마찬가지지. 피곤한데 빨리 끝내자고."

카르는 늘어지게 하품을 하고는 눈을 비볐다.

"후딱 끝내고 들어가서 잠깐 눈 좀 붙여야겠어."

"흥! 마음대로."

'어차피 평생 자게 될 테니까.'

모라스는 음흉한 속내를 표정으로 대변하며 카르에게 가까이 다가갔다. 함께 따라온 기사들은 카르의 주변을 빙 둘러싸며 포위망을 좁히듯 다가왔다.

카르는 힐끗힐끗 기사들을 둘러봤다. 하라스 자작가에서 온 기사들도 있지만, 반 정도는 익히 아는 얼굴이었다. 금룡기사단의 기사들이었다.

기사들을 따라 옮겨가던 카르의 시선이 파거슨에게서 멈췄다. 파거슨은 카르와 시선을 마주하자 느물느물 웃어보였다.

"꼭 이래야만 했나?"

카르의 물음에 파거슨은 웃음을 지우며 고개를 끄덕였다.

"어쩔 수 없었습니다."

"뭐, 사실 고맙긴 하지만……."

카르의 눈빛이 착 가라앉았다.

"괘씸죄가 너무 크거든."

"무슨 소리야, 이건?"

모라스가 검을 뽑으며 물었다.

아직까지 연기를 한다고 대련 형식으로 자세를 취한 모라스가 카르에게 도발적인 어조로 말했다.

"검을 뽑아라. 이번에야말로 작살을 내주지."

카르가 비웃음을 지었다.

"연극은 끝났다."

카르는 턱으로 파거슨을 가리켰다. 말뜻을 이해하지 못한 모라스였지만, 조롱이 가득한 카르의 표정을 보며 얼굴을 와락 구겼다.

"저 녀석은 이미 눈치챘거든. 내가 니들 하는 짓거리 이미 알고 있다는 거."

"뭐?"

모라스의 눈이 크게 떠졌다. 하지만 이내 눈은 차갑게 가라앉고 입가에는 비웃음이 올라왔다.

"그것참, 이야기가 쉽겠군."

카르는 모라스를 무시하고 금룡기사단 한 명 한 명을 훑어봤다.

"꼭 이래야 했나?"

기사들이 고개를 푹 숙였다. 그들 역시 양심에 찔리는 것이 없지 않았다. 하지만 상황이 이렇게 된 것, 이미 되돌리기에는 늦었다.

카르는 한숨을 푹 쉬며 다시 모라스를 돌아봤다.

"그래, 어디 너희가 내세운 명분이 뭔지나 들어보자. 금룡기사단이 움직인 것을 보면 뭐, 내가 가짜라거나 케로나를 몰아낼 반역을 꾸미고 있다거나 이런 건가?"

정확한 지적에 모라스가 잠시 움찔했다. 그러자 모라스의 뒤에 서 있던 파거슨이 앞으로 나서며 대답했다.

"그렇습니다. 조사 중 당신이 타 영지에서 보낸 첩자라는 사실이 밝혀졌습니다. 어투와 생김새는 비슷하지만 반지가 가짜라는 것이 증거입니다."

"반지가 가짜라고?"

카르는 우습다는 듯 코웃음을 쳤다.

"근거는 있나?"

"진짜 반지가 나타났습니다. 어디서 구했는지는 모르지만 검은 진짜인 모양이더군요."

제법 그럴 듯한 말이다. 검은 진짜이되 반지는 가짜로 만들어 카르가 가짜라는 사실을 부각시켰다. 본래 모든 것을 거짓으로 만드는 것보다는, 일부 진실을 수용하며 거짓된 부분을 부각시켜 물고 늘어지는 것이 겉으로는 더욱 현실적으로 보인다.

카르는 항시 손가락에 끼고 있는 반지를 들어 모두에게 보였다.

"이게 가짜라고?"

카르는 금룡기사단에게 물었다.

"정말 너희 눈에는 이게 가짜로 보이나?"

금룡기사단의 눈동자에 동요가 일었다. 하지만 잠깐, 곧 흔들림이 사라지고 굳은 결심이 자리 잡았다.

카르는 그 모습에 적잖은 실망감을 느꼈다. 기사들 역시 이

상황에 의심을 품고 있을 것이다. 가짜 반지가 나타났다는 명분은 그럴듯하긴 하나 따지고 들면 허술했다. 저들은 단지 카르보다는 케로나를 주인으로 섬기는 것이 스스로에게 더 이익이 된다 생각한 것이다. 배신감도 함께 따랐다.

여기서 저들에게 무슨 말을 해도 당장 되돌리기는 힘들었다. 지금 당장 후회하고 마음이 카르에게로 옮겨갔다 해도 작금의 상황이 그것을 가로막고 있었다.

카르는 파거슨의 눈을 바로 봤다.

모라스도 케로나도 모두 허깨비다. 저 녀석이야말로 지금까지 일의 모든 원흉이다.

케로나는 몰라도 파거슨만큼은 반드시 처리해야 했다. 시끄럽긴 해도 케로나는 무시할 수 있었다. 하지만 파거슨은 내부에 두기엔 너무나 위험한 녀석이었다.

"헛소리는 끝인가요?"

파거슨의 눈이 감겼다 떠졌다.

다시 떠진 눈은 평소의 유들유들함이 사라지고 싸한 살기를 담고 있었다.

파거슨이 모라스에게 말했다.

"시작하죠."

파거슨의 말에 모라스가 씩 웃으며 검을 높게 쳐들었다.

"애들아! 시작……."

모라스의 말이 중간에 뚝 끊겼다.

검을 들어 올린 손이 부르르 떨렸다.

“이게… 뭐지?”

몸이 움직이질 않았다. 이질적인 느낌과 함께 무언가 몸을 꽉 옭아맨 듯 스스로의 몸이 통제가 되질 않았다. 거대한 독사가 몸을 감고 있는 것처럼 섬뜩함이 느껴졌다.

다른 기사들 역시 마찬가지였다. 저마다 움직이고자 발버둥치는지 부르르 몸을 떨었지만 그뿐, 움직일 수 없는 것은 다들 같았다.

모라스는 눈을 이리저리 굴리다 카르에게서 시선을 멈췄다. 시간이 정지한 듯한 착각이 들었는데 그건 아니었다. 유일하게 카르는 움직이고 있었다.

‘넌……!’

어떻게 움직이는 것이냐고 묻고 싶었다.

한데 입조차 열리지 않았다.

카르는 성큼 모라스에게 다가왔다. 붉게 충혈된 모라스와 시선을 마주하던 카르가 그 뒤쪽을 바라봤다.

“역시 넌 안 되나?”

모라스는 누구에게 묻는 것인지 몰라 속으로 의문을 가졌다. 이내 카르의 물음에 익숙한 목소리의 대답이 들려왔다.

“이건 뭡니까?”

파거슨이다.

카르는 파거슨은 움직일 수 있는 것인가, 생각이 들었다. 다른 이들은 목소리조차 내지 못하는데 비해, 파거슨은 멀쩡히 목소리를 내고 있었다.

카르는 파거슨의 질문에 대답했다.

"알 것 없어. 그보다 역시 너, 보통 놈이 아니군."

"이미 알고 계시지 않습니까? 그보다 저도 멀쩡한 것은 아닙니다. 움직이기가 조금 불편하군요."

파거슨은 가늘게 눈을 뜨고는 부자연스럽게 쥐었다 펴지는 자신의 손을 바라봤다. 움직이는 데 무리는 없으나 불편했다. 평소처럼 움직일 수 없었다.

카르는 씩 웃으며 검을 빼 들었다.

"살려둬선 안 될 녀석이군."

"…놀랐습니다. 나이에 비해 실력이 뛰어나다 생각은 했는데, 이런 수까지 가지고 계셨던 겁니까?"

표정은 여전히 한결같은 파거슨이었다. 하지만 파거슨은 지금 속으로 충분히 놀란 상태였다. 페라스 영지로 들어온 지난 삼 년 중 가장 놀랐다.

이건 검술이 높다거나 그런 문제가 아니었다. 현재로선 이런 일을 가능케 하는 사람은 없었다. 애당초 학문의 뿌리가 달랐다.

"아티팩트인가……"

큭, 하며 비웃음을 짓는 파거슨이었다.

곧 카르가 파거슨을 향해 검을 내질렀다.

하지만 아무런 느낌이 없었다. 카르는 인기척이 느껴지는 곳으로 고개를 홱 돌렸다. 언제 피했는지 멀찍이 떨어진 곳에서 파거슨이 서 있었다.

"검술 실력은 별로군요. 이 정도라면 움직이기에는 불편해도 충분히 피할 수 있습니다.”

“그럼 이건 어때?”

카르는 검을 집어넣고 손을 활짝 펴 파거슨에게로 향했다. 파거슨은 카르가 무얼 하는지 몰라 경계하며 뒤로 조금씩 물러났다.

“디텐션(detention).”

파거슨의 몸이 우뚝 멈췄다. 눈살을 찌푸리며 파거슨이 빳빳해져 카르를 바라봤다.

‘이건 뭐지?’

움직이기가 훨씬 힘들어졌다. 게다가 왠지 모를 압박까지 더해졌다.

“프레셔(pressure).”

“큭.”

파거슨은 몸에서 느껴지는 압력에 이를 악물었다. 몸이 터질 듯한 압력이다.

카르는 이대로 파거슨을 기절시킬 생각이었다. 만약 생각 이상으로 저항이 거세다면 이대로 죽일 생각도 가지고 있었다.

한데 의외의 일이 벌어졌다.

이를 악물며 힘을 주던 파거슨이 속박을 풀었다.

“하압!”

마법이 깨어지자 카르가 놀란 표정을 지었다. 설마하니 자력으로 이걸 풀 수 있을 거라고는 생각하지 못했다.

미리 준비해 둔 마법진으로 기사단과 함께 속박 마법을 걸었다. 거기에 이중첩 속박까지 걸었다.

거기에 삼중첩 속박, 고통이 추가된 압력 마법까지. 평범한 기사라면 절대 풀 수 없었다.

카르의 눈이 가늘어졌다.

'역시 평범한 놈이 아니군.'

애초에 파거슨의 실력이 뛰어나다는 것은 알고 있었다. 하지만 그래 봤자 알베르보다 좀 더 강한 정도라고 생각했다.

오산이었다. 알베르는 이중 속박도 풀지 못할 것이라는 게 카르의 생각이었다. 하지만 파거슨은 삼중 속박을 풀어냈다. 평범한 엑스퍼트 유저가 삼중 속박을 푸는 것은 말이 되지 않는다.

"…너무 얕잡아봤군."

알베르가 엑스퍼트 중급이다.

단순히 생각해도 파거슨은 최소한 엑스퍼트 상급, 어쩌면 최상급일 수도 있었다.

아니, 최악의 경우엔 그보다 강할 수도 있었다.

파거슨은 마법을 풀어내고 조금 힘이 드는지 길게 숨을 들이쉬었다.

"후우, 그건 저도 마찬가지인 것 같습니다."

카르는 눈매가 가늘게 찢어지며 살기를 비추는 파거슨을 보며 다시 한 번 마법을 준비했다. 이번엔 방금 전보다 훨씬 수준이 높은 마법이었다.

한데 파거슨에게서 의외의 반응이 나왔다.

"졌습니다. 완패입니다. 하지만 다행히 문책은 피할 수 있을 것 같군요. 감사합니다."

"그게 무슨 소리지?"

"아티팩트를 다수 보유한 사람을 찾았으니 이걸 보고하면 상을 받으면 받았지 문책을 받지는 않을 겁니다. 하하하, 더군다나 몸 상태가 별로 좋질 않군요."

마법을 풀면서 파거슨 역시 조금 힘이 든 모양이다. 치켜뜬 눈동자에서 투쟁심이나 살기 따위가 비쳐지는데 순순히 물러나는 것을 보면 말이다.

카르는 도망치려는 파거슨을 잡기 위해 마법을 발현했다.

스으으―

보이지 않는 마법의 바람이 카르의 다리에 맴돌았다. 카르는 지면을 박차며 파거슨을 향해 몸을 쏘았다.

촤악― 쿵―!

방금 전까지 파거슨이 있던 나무가 반으로 갈라지며 쓰러졌다. 어느새 파거슨은 근처에 있던 나무 위로 몸을 피한 후였다.

"휴우, 큰일 날 뻔했군요. 그럼 전 이만 가보겠습니다."

"어딜!"

몸을 돌려 자리를 뜨는 파거슨을 보며 카르는 다시 한 번 지면을 박차 파거슨을 쫓았다. 하지만 작정하고 도망치는 파거슨의 속도는 쫓아갈 수는 없었다.

곧 시야에서 파거슨이 사라졌다. 생각 이상으로 빠른 움직임이었다.

카르는 아쉬운 표정을 지으며 입맛을 다셨다.

"아직 실전은 미숙하군."

직접 마법을 사람에게 써본 것은 처음이다. 조금만 더 실전에 익숙했다면 이렇게 허무하게 놓치지는 않았을 것이다.

카르는 손을 몇 번 쥐었다 폈다. 방금 전 마법을 직접 사람에게 사용하며 느꼈던 감각을 되살렸다.

카르는 몸을 돌려 영주성으로 걸어 들어갔다.

"가볼까."

이제 첫 번째 종지부를 찍을 차례였다.

*　　*　　*

카르는 병사들을 움직였다. 케로나의 반역 사실을 알리고 정원에 서 있는 기사들을 감옥에 투옥시켰다. 카르는 자신의 집무실로 향했다.

스스스─

무거운 침묵은 문이 스치는 소리까지 선명하게 만들었다. 카르는 문을 열고 바로 보이는 케로나의 모습에 숨을 길게 내쉬었다.

"역시 여기 계셨습니까?"

케로나는 카르의 모습을 발견하고는 눈을 크게 떴다. 지금 이 시간, 카르가 있을 장소는 이곳이 아니었다.

"네가 왜 여기 있는 것이냐? 모라스와 대련 약속을 잡지 않았나?"

"대련은 무슨. 그 녀석이라면 반역죄로 기사단과 함께 감옥에 가두었습니다."

"뭐?"

"그리고 당신도 공범으로 앞으로 평생 감옥에서 썩어주셔야겠습니다."

카르는 씩 웃었다.

"이제 끝났습니다."

"그게 무슨 개소리냐!"

케로나가 자리에서 벌떡 일어나며 고함을 쳤다. 목 언저리로 드러난 핏발과 붉어진 얼굴로 케로나가 소리쳤다.

"반역이라니, 나는 단지……!"

"이미 병사들을 동원해 기사들은 진압되었습니다. 쓸데없는 발버둥입니다. 금룡기사단의 증언이 끝난 상태입니다. 이제 다 끝났습니다."

케로나는 자리에 털썩 주저앉으며 고개를 저었다.

"아니야……."

케로나는 자신의 양 어깨를 부여잡으며 몸을 부르르 떨었다. 그리고 발작적으로 소리쳤다.

"아직 끝나지 않았어!"

케로나는 이를 악물더니 근처에 있는 장식용 검을 움켜쥐어 카르를 향해 달려들었다. 카르는 자신을 향해 달려오는 케로나를 빤히 바라보다 손을 살짝 움직였다.

퍼억—

"크윽."

둔탁한 소리와 함께 케로나가 배를 움켜쥐며 쓰러졌다. 아이러니한 것은 고통스러운 듯 연신 기침을 토하면서도 손에 쥐고 있는 검은 놓지 않는다는 것이다.

"아직 끝난 건 아니죠."

분명 끝은 아니다. 케로나에게는 끝일지 몰라도 자신에게는 이제 시작일 뿐이다.

"영주님!"

콰앙—!

집무실의 문을 박차고 알베르가 안으로 들어왔다. 카르가 깜짝 놀라며 고개를 획 돌렸다.

"알베르?"

"괜찮으십니까?"

"네가 왜 여기 있지? 베라 마을로 간 것 아니었어?"

"걱정이 되어서 기사들을 대기시키고 저 혼자 와봤습니다. 그런데 역시나……."

알베르는 시선을 살짝 돌려 케로나를 노려봤다. 알베르는 이를 꽉 깨물며 말했다.

"역시 이런 것이었습니까?"

"나는……."

입이 백 개라도 할 말이 없다. 구질구질하게 용서를 구해도, 어떠한 변명을 늘어놓아도 소용이 없다는 것을 그녀도 안다.

케로나는 몸을 부르르 떨다가 고개를 푹 떨어뜨려 실소를 흘렸다. 그 모습이 그렇게 처량해 보일 수가 없었다.

카르는 잠시 케로나를 흘겨보다가 알베르에게 말했다.

"아무튼 잘 와줬다. 케로나를 지하 감옥으로 데려가. 병사들도 혼란스러울 테니 네가 어떻게 된 일인지 전후 사정을 잘 알려주도록 하고."

"알겠습니다. 그럼 베라 마을에 있는 기사들도 불러들일까요?"

"그래야지."

카르의 말이 떨어지자 알베르는 고개를 끄덕였다. 그리곤 홀로 실소를 흘리는 케로나에게 다가가 팔을 잡았다.

"갑시다."

케로나는 입술을 깨물었다. 입술에서 붉은 피가 흘렀지만 고통이 느껴지지 않는지 입술을 더욱 악물었다.

알베르로서는 얼마 전까지 자신이 섬기던 마님을 연행해야 한다는 사실이 썩 좋을 리 없었다. 하지만 그렇다고 케로나가 반역을 꾀했다는 사실이 변하는 것은 아니었다. 정에 기대 용서를 구하는 것 역시 올바르지 않다.

그렇게 카르가 돌아온 지 열흘 하고 팔 일째.

케로나의 반란은 그렇게 무산되었다.

Chapter 06
철의 시대의 마법사

마탑^의 영주

영지성이 어수선했다. 갑작스럽게 벌어진 영주성 내의 반란과 그로 인해 벌여진 케로나의 처분 때문이었다.

가장 먼저 동요하는 사람은 당연 시녀들과 병사들이었다. 영주가 누가 되느냐, 영지를 통치하는 이가 누구냐에 따라 그들의 삶이 달라진다. 기사단이 감옥에 갇히고, 케로나가 따로 방에 갇힌 지금, 카르가 어떤 길을 가느냐에 따라 그들의 삶의 질이 좌우될 것이다.

며칠 후 카르는 간소하게나마 회의를 열었다. 재정관인 마틴과 기사단장인 알베르, 그리고 총관으로는 충분히 예상이 가능하지 않을까? 주변 인물이 없는 상황이니까. 로오나가 앉았다. 거기에 라오가 포함되어 둥그런 원탁에는 총 네 사람이 자리했다.

이제 오지 않은 사람은 카르뿐이었다. 잠시 시간이 흐르자 라오가 퉁명스러운 어조로 불만을 토했다.

"왜 이리 늦어?"

라오의 불만에 알베르가 답했다.

"조금만 기다리십시오. 주최자가 가장 늦게 나타나는 건 당연하지 않습니까?"

"쳇. 괜히 왔군."

라오는 카르가 불렀다. 원래 이런 자리는 꺼려하는 라오였지만, 영주가 된 카르가 오라는데 마냥 거절할 수만도 없었다.

'케로나가 감옥에 갇혔다고?'

라오는 그 생각을 하며 실소를 흘렸다.

처음 그 소식을 들었을 때에는 카르를 찾아가 따졌다. 어머니라고는 하지만 케로나에게 별다른 정이 있는 것은 아니다. 지금 와서는 왜 그랬는지 모르겠지만, 그 순간에는 꽤나 화가 났었다.

태어난 이래, 라오는 카르와 가장 긴 대화를 나눴다. 케로나가 지금까지 해온 일들, 카르에게 암살자를 보낸 것, 기사들을 선동해 반역을 저지른 것 까지.

카르의 이야기를 듣고 대화를 나누자 라오는 다시금 이성을 찾을 수 있었다. 그리고 이어지는 대화로 케로나에 대한 관계를 정리할 수 있었다.

피를 나눴다고는 하나, 가족이라고 하기에는 너무 먼 사이.

그것이 라오와 케로나의 사이의 거리였다.

죄를 짓고 감옥에 갇혔다고는 하나 한 발짝 떨어져 보면 남이야기나 마찬가지다. 아니, 차라리 완전히 남이라고 생각하는 편이 마음에 편했다.

라오는 그나마 안면이 있는 알베르와 소소한 대화를 나누었다. 그러던 사이 회의실의 문이 열리고, 카르가 모습을 드러냈다.

"다 모였나?"

카르는 주위를 한번 훑어보다가 라오에게서 시선을 멈추었다. 그러더니 비어 있는 창가 쪽 자리에 앉았다.

로오나가 먼저 어색하게 입을 열었다.

"저… 영주님?"

로오나는 카르가 자신을 총관으로 임명했다는 사실에 얼떨떨했다.

그녀는 아카데미의 행정학과 출신이다. 성적도 우수한 편이었다. 어릴 적부터 영리한 모습을 보이던 그녀를 우연히 발견한 선대 영주이자 카르의 조부인 선대 페라스 자작의 배려 덕분이었다.

평민 여자가 아카데미를 졸업해서 취직하는 곳이라고 한다면 당연 귀족가의 시녀였다. 로오나는 페라스 자작이 막 영주 자리에 올랐을 때부터 시녀 일을 해왔다.

하지만 총관은 아니었다. 애초에 귀족 가문의 총관 중 여자는 무척 드물었다.

"일단 임시일 뿐이야. 정 안 되겠다 싶으면 다시 사람을 물색해 보면 되고, 하는 데까지 해봐."

"예? 아, 알겠습니다."

로오나는 오래 전 아카데미에서 행정 업무를 배운 적이 있었다. 하지만 워낙 오래된 일이기에 제대로 해낼 수 있을지는 아직 미지수였다. 때문에 임시로 총관 자리에 앉힌 것이다.

카르가 들어올 때 가지고 온 서류를 회의실에 모인 이들에게 나눠 줬다. 회의를 시작할 준비가 끝나자 카르가 말했다.

"일단 회의를 연 이유는, 현 영지 상황과 식량 문제, 그리고 개인적으로 할 말이 있기 때문이다."

사무적인 어투로 이야기가 시작됐다. 카르는 현 영지의 상황을 아주 간단하게 설명했다.

"참 골 때려."

카르는 펜 끝으로 머리를 툭툭 건드렸다.

"영지는 가난하고, 민심은 흉흉하고, 하라스 자작가에서 뭔 일을 꾸미는지도 모르겠고, 거기다 기사라고는 이제 고작 다섯이 남아 있는 게 전부고."

카르는 피식 실소를 짓더니 말했다.

"상황이 좀 안 좋긴 하지만 어떻게든 해보자고."

카르가 손가락으로 서류 가장 첫 장을 가리키자 모두의 시선이 서류의 가장 첫 페이지로 향했다. 검은색으로 적힌 글자와 작은 그래프가 하나 그려져 있었다.

회의는 서류를 중심으로 진행되었다.

가장 처음 거론된 문제는 식량 문제였다. 현 시점에서 가장 민감한 문제이기도 했다.

"당장은 구휼미를 내리는 편이 좋겠다. 마침 어제 지나가던 상단이 하나 있던데, 급한 대로 철광석과 식량을 교환하면 되겠더군. 양이 꽤 될 거야. 알다시피 지금은 전시라 철광석 값이 비싼 시기니까."

카르는 매끄럽게 문제점을 짚었고, 그에 대한 해결책을 제시했다. 회의는 카르가 문제점과 해결책을 거론하고 그에 대한 의견을 듣는 것으로 진행되었다.

하지만 결국엔 카르의 의견이 반영되었다. 다른 이들의 의견은 거기에 살을 조금 붙이는 정도였다.

"그리고 세금을 60퍼센트에서 20퍼센트로 줄인다. 다만 전쟁이 끝나는 즉시 이전처럼 40퍼센트로 세금을 올리도록 하지."

"20퍼센트는 너무 적은 것 아닙니까? 그렇게 적은 세금으로는 영지를 이끌어갈 수 없습니다. 최소한 30퍼센트는 거두어야 합니다."

카르의 말에 마틴이 세금의 액수를 거론하고 나섰다. 아무래도 돈에 관련된 문제이다 보니 재정관인 그에게는 민감한 사항이었다.

"영지 자금에 관해서는 걱정할 필요 없어. 세금이 아니더라도 개인적으로 돈을 마련할 방법이 있으니까."

"돈을 마련할 방법?"

"그런 게 있으니 아무튼 그렇게 알아라. 세금은 20퍼센트. 더 이상 올리지 않는다."

마틴은 카르가 말한 돈을 마련할 방법이 궁금했으나 카르는 끝내 대답해 주지 않았다. 그리고 그렇게 의문을 품은 채 회의는 계속해서 진행되었다.

마지막 주제는 케로나와 금룡기사단에 대한 처우였다. 지금까지와는 달리 민감한 주제라 카르의 물음에도 모두 입을 다물었다.

카르는 라오에게 물었다.

"네 생각은 어떻지?"

"뭘 말이냐?"

"케로나에 대한 처분 말이야. 네 어머니잖아? 최대한 네 의견을 반영해 보도록 하지."

카르의 말에 라오의 표정이 미묘하게 변했다. 갈피를 잡지 못한 듯 무표정하지도 흔들리지도 않는 눈빛이다.

라오는 잠시 대답이 없었다. 카르는 슬며시 팔짱을 끼며 라오의 대답을 기다렸다.

무엇을 그리 생각했던 것인지 시간이 조금 지나자 라오가 천천히 입을 열었다.

"일단… 죽이지는 마라."

다행히 풀어달라는 말은 하지 않았다. 그 말을 했다면 들어주기가 무척 어려웠을 것이다.

죽이지만 말라고 한다면 그리 어려울 것 없었다. 카르는 고개를 끄덕이며 모두에게 말했다.

"일단 방에 가둔 채로 좀 더 두고 보도록 하지."

"알겠습니다."

다른 이들 역시 흔쾌히 고개를 끄덕였다. 알베르는 약간 못마땅한 표정이었지만, 라오의 얼굴을 살피며 별다른 말은 꺼내지 않았다.

본래라면 이것으로 회의가 끝나야 했다. 더 이상은 남아 있는 회의 주제가 없었다.

하지만 회의는 아니더라도 아직 남아 있는 것이 있었다. 그리고 사실상 이번 회의는 그것 때문에 카르가 이들을 소집한 것이기도 했다.

"마지막으로 개인적으로 할 말이 있다."

카르는 잠시 자리에 모인 사람들을 둘러보았다. 한명 한명이 모두 어렸을 때부터 봐온 익숙한 얼굴이다.

알베르와 마틴, 로오나, 이 셋은 카르가 가장 믿을 수 있는 사람들이다. 문제는 라오인데, 솔직히 라오를 이곳에 부를지 말지는 꽤나 오랫동안 고민했다. 라오는 케로나와 더불어 영주성에서 자신과 가장 사이가 좋지 못했다.

하지만 곰곰이 생각해 보니 그것은 역시 자신 혼자만의 편견인 것 같았다. 라오는 모든 사람에게 퉁명스럽게 대했다. 심지어 자신의 어머니인 케로나에게조차 살갑게 대하지 못하는 녀석이었다.

라오는 자신을 미워하지 않는다.

오히려 미워하는 쪽은 자신이다. 동생에게 적의를 가지고, 열등감을 느끼고 살아왔기에 시기하고, 질투하고, 때문에 형답지 않게 동생을 미워하고 배척했다.

마음에 여유를 가지고 객관적으로 바라보니 지금까지 라오에 대해 생각했던 것들이 오해였다는 것을 알 수 있었다.

삐뚤어진 것은 라오가 아니다. 오히려 자신이었다.

동생으로서의 본분, 형으로서의 본분, 그것들이 기묘하게 엇갈린 것뿐이다. 삐뚤어진 시각은 미묘하게 엇갈린 관계를 비약적으로 크게 부풀렸다.

화해까지는 아니더라도 적대시하는 것은 카르 역시 바라는 바가 아니었다. 오히려 동생을 잘 돌보아주지 못한 형으로서 미안할 지경이다.

그렇기에 아주 작은, 사소한 다툼 때문에 요원해진 관계를 조금이나마 회복하고자 이 자리에 불렀다.

'나도 참 약한 녀석이군.'

스스로 바뀌었다고 생각하면서도 예전의 성향이 아직 남아 있었던 모양이다. 시기하던 마음 하나가 없어졌다고 라오를 바라보는 시선이 이렇게 확 바뀐 것을 보면 말이다.

카르는 숨을 고르더니 힘을 주어 말했다.

"나는 마법사다."

카르의 한마디에 회의장에 모인 이들이 어리둥절한 표정을 지었다. 회의장에 모인 사람 중 카르의 이 말의 의미를 알고 있는 사람은 한 명, 막 이해한 사람이 한 명이었다.

알베르는 알고 있었다.

카르의 말이 무슨 의미인지.

마틴은 이해할 수 있었다.

그때 자신이 본 것이 무엇이었는지.

로오나와 라오는 어리둥절했다.

뜬금없이 자신이 마법사라니, 황당할 뿐이다.

사람들의 표정을 한 번 훑어본 카르가 손을 들어 올렸다. 그러자 카르의 손 위로 불의 구와 얼음의 구가 생성되어 서로 부딪치며 맴돌았다.

회의장의 분위기가 경악으로 물들었다. 이미 알고 있던 알베르만 담담할 뿐이었다.

"다시 말하지만, 나는 마법사다."

스스스—

불의 구와 얼음의 구가 부딪히며 서서히 소멸되었다. 난생처음 보는 기괴한 광경에 로오나와 라오는 얼빠진 표정을 지었다.

"아티팩트입니까?"

마틴 역시 놀란 표정이다.

암살자로부터 습격을 받았을 때,

마틴은 그때 카르가 마법을 사용하는 것을 보았다.

"아니, 마법이란 것이… 맞다."

"보아하니 단장님은 알고 계셨던 모양이군요."

마틴이 알베르를 보며 말했다.

알베르는 고개를 끄덕였다.

"그래."

　모라스와의 대련이 끝난 후 알베르는 카르를 찾아갔다. 그 자리에서 무릎을 꿇고 주군으로 모실 것을 맹세했다. 그리고 그 자리에서 카르에게서 마법에 관한 이야기를 들었다.

　"마법사라……."

　라오가 어이없다는 듯 웃었다.

　마법이라는 학문은 라오도 들어서 알고 있었다. 어렸을 적 들었던 동화 속 이야기에서 빠지지 않았던 것이 바로 마법이었다.

　동화 속에서 악역들은 꼭 마법을 사용했다. 어둡고, 음습한 마법을 사용해 공주를 괴롭히고, 그런 마법사를 처단하는 것은 반드시 검을 휘두르는 멋진 용사였다. 그것이 현 시대 대부분 동화의 기본적인 틀이었다.

　하지만 어디까지나 허구 속의 이야기였다. 헌데 카르가 갑자기 마법을 사용하는 마법사가 되어서 돌아왔다.

　그렇다면 카르가 동화 속에 나오는 그 사악한 마법사일까? 그건 또 아닌 듯싶었다.

　라오가 아는 카르는 사악함과는 거리가 멀었다. 그렇다고 딱히 착한 것도 아니지만, 사악하다고 하면 절대 아니었다.

　라오는 한참을 작게 웃더니 물었다.

　"우리에게 이런 이야기를 하는 이유가 뭐지?"

　"꼭 이유라고 할 것은 없고, 내 사람이라면 역시 비밀로 할 수만은 없다고 생각했으니까."

　카르는 옅게 헛기침을 하더니 말을 이었다.

"그리고 앞으로 내가 영지를 이끌어갈 주제이기도 하고."
"주제?"
라오가 무슨 소리냐는 듯 되물었다.
라오의 물음에 카르는 짤막하게 대답했다.
"마법."
이 짤막한 단어 안에 내포되어 있는 무게는 어마어마했다. 그리고 이 짧은 단어야말로 카르가 앞으로 살아갈 인생이었다.
"우리 영지는 잊혀지고 망각된 옛날 마도시대라 불리던 마법사들의 시대를 잇는 제2의 마도시대의 시작점이 된다."
"그게… 무슨 뜻입니까?"
잠자코 듣고 있던 로오나가 조심스레 물었다.
다른 이들 또한 카르의 말뜻을 이해하지 못한 것은 마찬가지였다.
카르는 좀 더 직설적으로 말할 필요성을 느꼈다.
"마법을 부활시킨다."

＊　　　＊　　　＊

화려한 장식물들로 꾸며진 방 안의 중앙에는 하나의 둥그런 테이블이 놓여져 있었다.
테이블 위로는 한 잔의 차와 달콤한 다과가 올라와 있었다. 테이블에는 중년이 조금 넘어 보이는 남자가 앉아 있었는데,

파거슨은 그런 중년 남자의 발아래에서 무릎을 꿇고 있었다.

파거슨은 한쪽 무릎을 꿇으며 자신의 발아래를 내려다보고 있고, 그런 파거슨의 앞으로 한 중년인이 의자에 앉아 준비된 차를 기울이고 있었다.

겉으로 보이는 나이는 대강 파거슨과 비슷해 보였다. 하지만 파거슨은 그가 먼저 입을 열기 전까지 미동조차 하지 않았다.

"이렇게 차를 마시는 것도 나쁘지 않군."

그는 찻잔을 들어 올려 향을 음미했다. 차를 즐기는 편은 아니지만, 오래간만에 이렇게 차 한 잔을 마시는 것도 나쁘지 않았다.

중년인은 목구멍을 홍차로 적신 후에 물었다.

"그래, 말해보아라. 넌 누구고, 무슨 용무로 나를 찾았지?"

"파거슨이라고 합니다. 얼마 전까지 하라스 자작가와 손을 잡고 페라스 자작령에서 철광석을 빼돌리는 일을 맡았습니다."

파거슨은 중년인에게 자신을 소개했다. 그 대답에 중년인은 파거슨이 무얼 하는 사람인지 알 수 있었다.

"검가에 철광석을 보급하는 녀석이군."

"예."

"그런데 네가 왜 여기 있는 거지? 검가에서 너희에게 맡긴 임무는 들키지 않도록 조용히 철광석을 빼돌리는 것일 텐데. 이런 식으로 자리를 이탈하면 너희들이 맡은 임무가 엉망이 되지 않나."

나긋나긋한 말투였지만 중년인의 목소리에는 힘이 실려 있었다. 분위기는 그렇지 않지만 중년인은 지금 파거슨을 꾸짖고 있었다.

"죄송합니다. 하지만 사안이 사안인지라……."

"그래, 중요한 일이라 이거지?"

중년인은 찻잔을 내려놓으며 말을 이었다.

"어디 한 번 말해보아라."

"아티팩트가 발견되었습니다."

무표정하던 중년인의 얼굴에 일그러짐이 생겼다.

"아티팩트? 어디서 말이냐?"

"페라스 영지입니다. 그곳 여자의 말을 들어보면, 마의 숲으로 들어갔던 소영주가 돌아오면서 아티팩트를 가지고 온 모양입니다."

"마의 숲이라……. 그곳에 아티팩트가 있었던 건가? 하긴, '그곳'이라면 그럴 수도 있겠군. 그런데 왜 네가 직접 가지고 오지 않았지? 일개 자작가라면 네 실력으로 훔쳐 오지 못할 이유가 없을 텐데."

중년인은 이미 파거슨의 실력을 알고 있었다. 철광석을 보급하는 사사로운 임무나 맡고 있지만, 파거슨의 실력은 검가 내에서도 상당한 수준이었다. 검가가 아닌 왕국 단위로 본다면 열 손가락에 꼽힐 정도였다.

그런 파거슨이 그냥 돌아온 것이다. 의아하지 않을 수 없었다.

파거슨은 중년인에게 그 당시의 상황을 설명했다. 이야기를 들은 중년인은 고개를 끄덕였다.

"범위 마법이 있는 아티팩트인가? 그냥 넘어가기는 꺼림칙하군."

아티팩트라면 파거슨이 자신의 임무를 팽개치고 찾아온 것도 이해가 갔다. 아티팩트의 존재는 철광산 하나둘과는 비교도 되지 않는 값어치를 지니고 있다.

물론 자신들이 아티팩트의 값어치를 생각해서 그런 것은 아니었다.

"마도시대의 잔재는… 사라지는 편이 좋지."

"어떻게 할까요?"

"사람을 보내도록 하마."

"그곳 영주의 성격상 순순히 내놓을 것 같지는 않습니다."

중년인은 어깨를 으쓱였다.

"압박해도 되지 않으면, 그땐 힘으로 빼앗아야지."

중년인은 손을 휘휘 저으며 축객령을 내렸다.

"이만 돌아가 보거라."

*　　　*　　　*

카르는 집무실에 앉아 서류더미에 묻혀 있었다. 케로나가 갇힌 이후 해야 할 일이 하나둘이 아니었다.

펄럭—

"후우."

카르는 서류 뭉치를 책상 한쪽으로 던지며 한숨을 뿜었다. 하지만 입가에는 미소가 맺혀 있었다.

그래도 골치 아팠던 일들은 그럭저럭 해결이 되어가는 느낌이다. 가장 문제였던 식량과 치안 문제가 거의 해결이 되었으니 말이다.

아마 수일 내로 일거리가 확 줄어들 것이다. 그렇게 생각하니 입가에 절로 미소가 맺힐 수밖에.

벌써부터 드는 생각이 있었다.

영지가 안정되면 그 후에는 무얼 할까?

가장 먼저 떠오르는 일은 마탑, 그리고 아카데미였다. 카르의 목표가 마도시대의 부활이었으니 이 두 가지야말로 그 시작의 발판이 되는 셈이다.

하지만 그건 조금씩 천천히 해야 할 일이다. 당장 탑과 아카데미를 지을 건축가도 다 모으지 못했고 자금 역시 달렸다.

그렇다면 우선 해놓아야 하는 일이 있었다.

카르는 자리에서 일어났다.

영주성의 지하 감옥.

영지 내의 범죄자들을 모아놓는 이곳은 습하고 어두웠다. 그렇기에 병사들이 근무하기를 가장 꺼리는 장소였다.

카르는 지하 감옥에 들렀다. 뚜벅 하는 걸음 소리가 조용한 감옥 안에 시끄럽게 울렸다.

짤랑―

걸음 소리 사이로 가벼운 금속음이 섞였다. 카르의 손가락에 걸쳐 있는 열쇠들이 부딪치는 소리다.

감옥 안을 거닐던 카르의 걸음이 두꺼운 철장이 드리운 곳에서 멈췄다. 짤랑, 다시 한 번 열쇠 소리가 들리자 감옥 안에 갇혀 있는 이들의 시선이 카르에게 모였다.

"…영주님?"

기사들이었다. 감옥 한 칸에 다섯 명씩 금룡기사단의 기사들이 갇혀 있는 감옥이었다.

기사들이 하나둘 카르에게 시선을 주자 카르는 쓸쓸한 어조로 입을 열었다.

"안됐다."

기사들의 고개가 아래로 떨어졌다. 아래로 떨어진 눈빛은 죄스러움을 담고 있었다. 순간의 욕심에 눈이 멀어 결국 이 꼴이 되었다.

카르는 그들의 모습을 보며 서글픈 표정을 지었다. 그래도 삼 년 전까지는 꽤나 친했던 기사들이다. 삼 년 사이 이렇게까지 사이가 틀어질 줄은 몰랐다.

카르는 그들과 눈을 맞추기 위해 다리를 굽혔다. 그리고 여전히 쓸쓸한 어조로 말했다.

"욕심이 과하면… 화를 입지."

기사들은 고개를 들지 않았다. 한 기사가 다시 고개를 들었으나 카르와 눈을 마주하고는 다시 고개를 푹 숙였다.

카르는 잠시 말이 없다가 손가락에 걸쳐 있는 열쇠를 바로

세웠다. 그리고는 감옥을 굳게 잠그고 있던 자물쇠에 꽂아 돌
렸다.

끼익—

감옥 문이 낡은 쇳소리를 내며 열렸다. 카르가 연 것이다.

감옥 안에 갇혀 있던 기사들의 눈이 크게 떠졌다. 그리고 카
르의 뜻을 이해하고는 몸을 부르르 떨었다. 카르는 그들을 용
서했다.

"벌은 받아야 할 거다."

기사들은 침을 꿀꺽 삼켰다.

벌. 달게 받을 준비가 되어 있었다. 하나뿐인 몸뚱이를 미친
놈처럼 굴려 벌을 받을 것이고, 그것으로 죄스러운 마음을 달
래 은혜를 갚을 것이다.

기사 한 명이 자리에서 벌떡 일어나 소리쳤다.

"감사합니다!"

카르는 다른 한쪽의 문을 마저 열며 대답했다.

"다시 잘 부탁한다."

＊　　＊　　＊

기사들은 감옥에서 석방되었다. 물론 하라스 자작가의 기사
들은 예외였다. 금룡기사단뿐이었다.

명목상 그들은 상관의 지시를 따른 것으로, 다른 이들에 비해
죄가 가벼웠다. 하지만 그래도 반란에 가담했다는 죄는 사라지

지 않았다. 결과 십 년간 그들이 받는 봉급이 절반으로 깎였다.

반란에 가담한 죄인들치고는 정말 값싼 벌이 아닐 수 없었다. 알베르는 반대했다. 감옥에 다시 가두는 것은 아니더라도 좀 더 강한 벌이 필요하다 했다. 기사들 역시 같은 생각이었다.

하지만 카르는 강경하게 나왔다. 기사라는 고급 인력을 버릴 수는 없었다. 더군다나 십 년간 기사들의 봉급을 반으로 줄일 수 있다면 지금 당장 부족한 영지 예산에 도움이 될 터였다.

더군다나 카르는 그들이 지금 당장 필요했다.

카르는 기사들을 연무장으로 모았다. 해가 중천에 뜬 시각이다.

카르는 연무장에 모인 기사들을 쭉 둘러보며 말했다.

"한 사람도 빠짐없이 모였나?"

카르의 물음에 알베르가 대답했다.

"두 명 정도가 불참입니다. 병사들을 점검하고자 순찰 나갔습니다."

"뭐, 그 정도라면 나중에 너희가 알려줘도 문제없겠군."

"무슨 일입니까?"

알베르의 물음에 카르는 머리를 긁적이다 대답했다.

"흐음, 뭐라고 해야 좋을까. 그래, 너희들에게 좀 더 나은 수련 환경을 만들어주기 위해서라고 해두지."

"그게 무슨 소립니까? 연무장을 개조하기라도 한다는 겁니까?"

알베르는 정말 그렇게 이해했다.

그리고 그 생각은 딱히 틀린 말도 아니었다.

"뭐, 대충 맞는 말이다."

카르는 품에서 작은 돌멩이를 꺼냈다.

대낮이라 빛이 별로 강하지 않지만, 그것은 빛을 내는 데에 쓰이는 발광석이었다. 철광산 근처에서 나오는 흔한 돌멩이기도 했다.

"이게 뭔지는 알지?"

기사들은 고개를 끄덕였다.

그들이 생각하는 돌멩이는 발광석이었다. 미약하지만 대낮에도 어렴풋이 빛을 내고 있는 것이 그 증거였다.

하지만 카르는 이것을 발광석으로 보지 않았다. 이 시대에는 발광석이라는 이름으로 불리지만 실상은 다르다. 이런 보물을 고작 어둠을 밝히는 용도로 사용하는 지금의 세상이 한심할 정도였다.

발광석의 본래 이름은 마나석. 마도시대에는 그런 이름으로 불렸다.

그러나 지금 시대를 살아가고 있는 사람들은 착각하고 있다. 대부분이 오러로만 알고 있는 그것은 오로지 사람만이 가지고 있다고들 보고 있다. 그러나 실상은 다르다. 오러, 더 넓은 의미의 마나는 인간만의 것이 아니다. 태곳적부터 이는 모든 세상에 존재했고, 돌이라는 존재는 마나가 정형화되기 쉬운 특성을 가지고 있다.

그중 마나석은 유달리 많은 양의 마나를 가지고 있는 돌이다. 발광석이 빛을 뿜는 이유는 마나가 서로 충돌하며 빛을 내는 성질을 가지고 있기 때문이다.

물론 지금의 세상은 잊은 이야기다. 마나의 속성은커녕 마나라는 이름마저. 지금은 그저 이 희대의 보물을 어둠을 밝히는 구식의 용도로 사용하는 바보들이 모여 있을 뿐이다.

카르는 기사들에게 마나석에 대해 설명했다. 아니나 다를까, 모두들 벙 찐 표정이다. 카르의 말대로라면 저 작은 돌멩이가 가진 가능성은 어마어마한 것이다.

카르는 눈앞으로 마나석을 가까이 가져갔다.

"이제 알겠지? 마나석이라 불리는 이 돌멩이가 지닌 가치를. 난 이 마나석을 이용해 너희들에게 보다 좋은 환경을 제공할 생각이다."

퍼뜩 정신을 차린 알베르가 물었다.

"어떤 식으로요?"

알베르는 카르가 마법사라는 사실을 알기에 기대에 부풀었다. 마나석이라는 돌의 활용도 또한 기대가 되었다.

기사들은 기대가 가득한 눈으로 카르를 바라봤다. 해박한 카르의 지식에 놀랐고, 의아했다. 하지만 분명한 것은 카르가 저 마나석을 이용해 자신들에게 커다란 선물을 안겨줄 것이라는 사실이다.

"뭐, 말해 줘봤자 이해할 수는 없을 테니 넘어가고. 효과는 이 연무장의 오러의 근원인 마나의 밀도를 높여줄 생각이다. 그리고 추가로 말해줄 것은 앞으로 수련 때 주위에 퍼져 있는 마나에 민감해지라는 거다. 그렇게 되면 자신들의 몸에 품는 오러의 양도 늘어나게 되지."

이것이 바로 카르가 애써 기사들에게 마나석의 쓰임과 자신이 연무장을 개조하는 이유를 설명하는 이유였다.

카르는 연무장에 마법진을 설치할 생각이었다. 마나의 밀도를 보다 진하게 만들고 심신의 안정을 도와주는 수련용 마법진이었다.

하지만 마나의 밀도란, 그것을 느끼지 못하면 아무짝에도 쓸모가 없었다.

사람의 인체란 지금까지 자신이 느끼던 것만큼 느끼게 마련이다. 주위에 마나가 넓게 퍼져 있어도 체내에 마나를 쌓을 때에는 지금까지 받아들이던 만큼만 마나를 받아들인다.

간혹 마나에 민감해 주위의 마나 밀도가 변한 것을 눈치채는 사람이 있다. 그런 이들은 육체가 자연스럽게 체내에 쌓는 마나의 양을 조절한다.

하지만 그렇지 못한 이들이 문제다.

그래서 카르가 이런 말을 하는 것이다.

느끼지 못한다면 의식하면 된다. 주위에 퍼진 마나의 밀도를 말이다.

이것은 수련을 하는 기사들에게 크나큰 이점으로 작용할 것이다. 주변에 퍼져 있는 마나의 밀도란, 그것이 곧 기사들의 성장 속도와 비례하게 마련이니까.

"감사합니다."

카르의 배려에 알베르는 허리를 숙여 인사했다.

"감사합니다!"

다른 기사들 역시 카르를 향해 깊게 허리를 숙였다. 카르는 뿌듯한 마음이 드는 한편, 괜찮다는 말을 잊지 않았다.

"어차피 나 좋으라고 하는 일이야. 기사단의 무력은 곧 영지의 힘인 거 몰라? 너희들을 석방한 것도, 이런 배려를 하는 것도 전부 다 나를 위해서라고."

"그래도……."

"정말로 고마우면 더 악착같이 수련해. 그게 나에게 보답하는 길이야."

카르는 지금의 분위기가 어색한지 작게 헛기침을 했다.

"그리고 모레 잠시 나와 같이 갈 곳이 있다."

카르의 말에 알베르가 눈을 빛냈다. 명령만 하면 전쟁터라도 달려갈 기세였다.

"명령만 내려주십시오!"

"흥분하지 말고……. 별것 아냐. 그냥 몬스터나 토벌하러 가자고."

카르의 대답에 기사들이 눈을 깜박였다.

몬스터 토벌?

갑자기 왜?

"사냥."

카르가 부연 설명을 했다.

정확히는 토벌이 아닌, 사냥이었다.

　　　　*　　　*　　　*

　영주성의 옆쪽에 세워진 자그마한 별채에 가둬진 케로나는 딱딱한 나무 의자에 앉아 이를 갈았다.

　"으으으……"

　하는 것이라곤 아무것도 없다. 그냥 이렇게 앉아 있다 밤이 되면 잠이 드는 것밖에는. 꿈을 잃은 인간에게 남은 건 천천히 늙어가는 것뿐이다.

　케로나는 쭈그려 앉아서 카르를 저주했다.

　아무리 시간이 지나도 그것은 쉽사리 지워지지 않는지 케로나는 왈칵 소리를 질렀다.

　"카르!"

　쿵—!

　주먹에 피가 나도록 벽을 후려친 케로나는 고작 그것만으로도 힘에 부치는지 몸을 파르르 떨었다.

　그리고는 다시 몸의 힘을 쭉 빼고 한숨을 내쉬었다.

　그때였다.

　"보기 좋습니다."

　케로나는 웃음기가 섞인 목소리가 들린 쪽으로 고개를 돌렸다.

　무척 익숙한 목소리였다.

　"파거슨……!"

케로나의 눈이 반짝였다.

파거슨이 별채의 문을 열고 들어온 것이다.

"어, 어떻게 네가? 네가 아직 총관 일을 하고 있는 것이냐?"

케로나는 일말의 기대를 품고 물었다.

만약에 그렇다면 아직 자신에게는 희망이 남아 있었다. 총관인 파거슨이 자신의 편을 든다면 죄가 조금은 줄어들지도 몰랐다.

하지만 야속하게도 파거슨은 고개를 저었다.

"아닙니다. 전 이미 쫓겨났고, 총관은 제가 아닌 다른 사람이 맡고 있습니다."

"그, 그럴 수가……."

한 가닥 희망을 품었던 케로나는 다시 고개를 내리깔았다. 하지만 이내 영주성에서 쫓겨난 파거슨이 이곳에 있다는 데에 의문을 품었다.

"여긴 어떻게 들어왔지?"

"능력껏."

어깨를 으쓱이는 모습이 별것 아니라는 투다. 게다가 당당히 들어온 것 같지도 않았다.

"그냥 어느 분에게 잠시 다녀왔습니다. 그냥 떠날까도 했는데, 하라스 자작가에 연락을 해보니 당신을 구해올 것을 부탁하더군요."

파거슨의 말에 케로나의 눈에 생기가 돌았다. 살았다는 생각에 눈이 번쩍 떠졌다.

"저, 정말이냐?"

"네, 정말입니다."

"호위 병사들은······."

"걱정 마십시오."

파거슨이 문을 활짝 열어 바깥을 보여줬다.

케로나의 눈이 찢어질 듯 커졌다.

그곳에는 피를 흘리며 쓰러져 있는 병사들이 보였다. 카르가 자신을 감시하고자 붙인 병사들이었다.

"어, 어떻게?"

케로나가 의혹스러운 눈으로 파거슨을 바라봤다. 케로나가 알기로 파거슨은 검사가 아닌 평범한 총관이었다.

기사가 아닌 병사들이라고는 하나 자신은 채 비명 소리조차 듣지 못했다. 검에는 무지하나 파거슨의 실력이 평범하지 않다는 것 정도는 알 수 있었다.

"자, 갑시다."

파거슨이 씩 웃으며 케로나에게 손을 내밀었다.

케로나는 혼란스러운 가운데에서도 그 손을 잡았다.

케로나는 파거슨과 함께 하라스 자작가로 향했다.

*   *   *

케로나가 사라진 사실은 금세 알려졌다.

별채를 지키고 있던 병사들이 죽은 것이다.

소식은 곧바로 카르와 알베르에게 알려졌다. 카르는 로오나와 마틴을 불렀다.

카르와 마틴, 로오나, 알베르가 원탁에 앉아 무거운 침묵을 지키고 있었다.

"…어떻게 된 일일까요?"

로오나가 넌지시 입을 열었다.

회의를 열긴 했는데, 아무도 쉽사리 입을 열지 못하고 있었던 것이다.

하지만 처음 운을 떼는 것이 문제였지, 처음으로 누군가 말을 꺼내자 이야기가 진행되기 시작했다.

"감옥을 지키고 있던 병사 셋이 죽었습니다. 상처로 보아 상당한 실력자가 벌인 일입니다."

대답은 알베르가 받았다. 그가 감옥을 지키는 일을 전적으로 일임 받았기 때문이다.

알베르의 대답에 카르가 물었다.

"누군가 단독으로 벌인 일인가?"

"아무래도 그렇게 생각됩니다."

"이유는?"

"당한 병사들의 사안이 일정합니다. 특별한 검술의 특징도 없고, 암살이라도 당한 것처럼 검을 뽑을 새도 없이 목이 베였습니다."

카르는 그럴 줄 알았다는 듯 고개를 끄덕였다.

짐작되는 사람이 있었다.

"후우, 골치 아프군. 오러를 사용할 정도의 실력자는 크게 문제될 것은 없지만… 무슨 연유로 케로나를 꺼내갔느냐 그게 문제지."

혼자서 문제점을 중얼거리던 카르는 엄지로 미간을 툭툭 치며 짜증을 토했다.

"마음에 안 들어."

"혹시 짐작 가는 사람이 있습니까?"

로오나의 물음에 카르가 대답했다.

"파거슨이겠지."

망설임없는 대답에 알베르는 의아한 표정을 지었다.

"이유가 뭡니까?"

"싸워봤어. 보통 녀석이 아니야. 아마 너보다도 강할걸?"

모르긴 해도 아마 알베르는 자신이 건 마법을 그렇게 쉽게 풀지 못할 것이다. 반면 파거슨은 어렵사리나마 풀어냈다. 적어도 알베르와 같거나 보다 강한 녀석이었다.

카르는 머리를 벅벅 긁었다. 그때 파거슨을 놓친 것이 지금에 와서 후회가 되었다.

"아아, 짜증나!"

케로나가 풀려났다. 골치 아픈 일이다. 그녀가 하라스 자작가로 돌아가면 분명 앙갚음을 하고자 달려들 것이다.

머리를 벅벅 긁던 카르는 한숨을 푹 쉬었다. 지금 당장 생각한다고 해서 답이 나오는 건 아니다.

카르는 다른 주제를 꺼냈다.

“아카데미와 마탑 관련해서 알아보긴 했어?”

이 일에 관해서는 마틴과 로오나에게 맡겼다. 마틴은 어색하게 웃으며 대답했다.

“알아보긴 했습니다.”

“그래? 어떻게 됐어?”

“그게……”

마틴은 손가락으로 동그라미를 그렸다.

“돈이 있어야 뭐든 하죠.”

결국 돈이 문제였다. 지금 영지 재정은 무일푼이라고 해도 될 정도로 가난했다.

“그런가? 그럼… 일단 돈부터 벌어야겠군.”

카르는 자리에서 일어났다. 아픈 머리도 식힐 겸 움직일 생각이다.

“알베르, 너도 따라와. 기사들 모으고.”

“몬스터 사냥 말입니까?”

“응.”

카르는 간단하게 몸을 풀며 말했다.

“돈 벌어야지.”

*　　　*　　　*

준비는 빠르게 이루어졌다. 어차피 준비라고 해봤자 기사들이 각자 장비를 챙기는 것뿐이다.

카르가 기사단을 데리고 향한 곳은 베라 마을에 인접한 산이었다. 몬스터가 출몰하는 시기는 지나갔지만, 그렇다고 산에 몬스터가 없는 것은 아니었다.

기사들의 표정은 제각각이었다. 몬스터를 잡으러 왔다고 하니 오래간만의 실전이라며 좋아하는 이도 있었고, 동료의 부상을 걱정하는 이도 있었다.

카르는 가장 앞장서서 기사들을 이끌고 있었다. 처음에는 위험하다며 알베르가 만류했지만, 카르는 끝내 고집을 꺾지 않았다. 결국 알베르가 바로 옆에서 호위를 하는 것으로 합의를 봤다.

기사들이 이동할수록 풀이 스치는 소리가 났다. 이쯤이면 몬스터 하나둘쯤은 나타나지 않을까 싶었다.

카르는 은밀히 마나를 퍼뜨려 주위를 살폈다. 몬스터의 기척을 찾는 것은 마의 숲에서 익숙해질 만큼 해온 일이다.

"찾았다."

"예?"

"준비해. 오른쪽이다!"

갑작스러운 카르의 행동에 알베르는 당황한 표정을 지었다. 하지만 이내 반사적으로 오른쪽을 돌아보고는 자세를 잡았다.

―취이익! 인간, 눈치챘다! 꿀꿀!

돼지와 사람을 섞어놓은 듯한 모습, 그리고 말투.

몬스터 중에서 가장 흔한 오크였다.

"오크 무리다!"

기사 한 명이 오크들의 습격을 알리며 검을 뽑았다. 하지만 이미 기사들은 그가 아니었다고 해도 오크들을 발견하고는 검을 뽑아 든 상태였다.

하지만 역시나 가장 빠른 이는 알베르였다. 알베르는 빠르게 오크를 향해 검을 휘둘렀다.

푸욱—!

오크의 머리로 알베르의 검이 박혔다. 꿱 소리를 지를 틈도 없이 오크의 숨통이 끊어졌다.

가장 먼저 튀어나온 오크가 죽었다고 해서 끝난 것은 아니었다. 그 뒤로 수많은 오크들이 들이닥쳤다.

오크들은 본래 무리를 지어 다니는 습성을 지니고 있었다. 대부분의 소형 몬스터가 무리를 지어 다니긴 하지만, 그중에서 오크는 특히 많은 무리를 이끌고 다닌다.

하지만 그만큼 오크들은 기사들에게 익숙하기도 했다. 기사들의 검이 하나둘 오크들을 향해 날아갔다.

서걱— 캉—

이곳저곳에서 오크들과 기사들이 싸우는 소리가 들렸다. 피가 튀고, 오크들의 도끼와 기사들의 검이 부딪쳤다.

기사들과 오크들의 난전 속에서 역시나 활약이 가장 돋보이는 이는 알베르였다. 오러를 흩뿌리며 검이 한번 번쩍일 때마다 오크들은 돼지 멱따는 소리를 내며 쓰러졌다.

그리고 또 한 사람, 몬스터를 잡으러 간다는 소리에 따라온 라오도 있었다. 어지간한 기사보다 잘 싸우고 있었다. 벌써 라오의 검에 숨이 끊어진 오크가 손으로 셀 정도였다.

'대단한걸.'

카르는 오크들을 향해 검을 뿌리며 기사들을 쭉 둘러봤다. 마법은 정말 위험할 때에만 쓸 생각이다. 기사들의 실전 감각도 돌아올 겸 해서였다.

―취익! 인간, 강하다. 도망간다!

그제야 눈치챈 것일까?

대장 격으로 보이는 오크가 그렇게 말하며 숲 속을 향해 달아나자 다른 오크들 역시 하나둘 도망가기 시작했다. 하지만 그렇게 서둘러 도망가는 오크는 그리 많지 않았다. 이미 대부분의 오크는 기사들의 발밑을 나뒹굴고 있었다.

카르는 도망가는 오크에게는 별다른 미련을 두지 않았다. 굳이 위험을 감수하면서까지 추격을 할 필요도 없고, 이미 대부분의 오크는 사체가 되어 있었기 때문이다.

카르가 필요한 것은 바로 이 오크들의 사체였다. 수가 꽤 많아서 전부 다 들고 가기도 힘들어 보였다.

카르는 차오른 숨을 고르며 알베르에게 물었다.

"부상자나 사상자는?"

알베르가 카르에게 가까이 다가왔다.

"전무합니다. 기사 한 명의 갑옷이 살짝 찌그러진 것을 제외하면 부상자는 없습니다."

카르는 만족한 표정으로 고개를 끄덕였다. 생각보다 실력들이 좋았다.

"괜찮군. 수레 가지고 온 것 있지?"

알베르의 시선이 가져온 수레로 향했다.

"네. 그런데 수레는 왜……?"

"전원 오크의 사체를 수레에 싣는다. 수레가 차면 등에 짊어지고 간다."

"오크의 사체를요?"

알베르는 모르겠다는 듯이 의아한 표정으로 발밑에 널브러진 오크의 사체를 바라봤다.

도대체 이런 것들을 가져다가 무얼 한다는 것인가? 오크의 가죽은 별로 질기지도 않아서 별다른 값어치가 없는 물건이다.

"필요한 데가 있으니까 여기까지 온 거다. 원래는 오우거나 한 마리 잡아갈 생각이었는데… 오크 무리도 나쁘지 않지. 잔말 말고 실어."

카르는 기사들을 재촉했다. 영문을 모르겠으나 영주가 시키는데 거역할 수는 없는 노릇. 기사들은 하나둘 오크의 사체를 수레에 싣기 시작했다.

카르는 그런 기사들의 모습을 뿌듯하게 지켜보았다.

오크들의 사체.

저것들은 이제 어마어마한 돈 덩어리로 변할 것이다.

Chapter 07
검가

마탑의 영주

　영주성으로 복귀한 카르는 병사들을 시켜 오크의 사체를 분리했다. 잡는 것은 기사들이 했지만, 그들에게 이런 일을 시키는 것은 꺼림칙했다.

　병사들 여시 별로 좋아하는 표정이 아니었다. 하긴, 하나의 생명체를 분리하는 일을 누가 좋아하겠는가.

　카르는 병사들에게 일정량의 임금을 나누어 주었다. 족히 닷새는 일해야 벌 수 있는 돈이기에 병사들의 얼굴에 화색이 돌았다.

　카르가 병사들에게 시킨 분리 작업은 특별한 것이 없었다. 내장이나 가죽 같은 것들은 버린다. 대신 오크의 뼈를 모으도록 했다.

　그렇게 모인 오크의 뼈는 카르의 명으로 대장간을 향해 운반되었다. 수십여 마리의 오크에게서 나온 뼈라서 그런지 양이 상당했다.

　카르는 대장간에 쌓여 있는 오크의 뼈를 하나 집어 들었다. 송곳니인지 날카롭게 생긴 작은 뼈였다.

　알베르는 그런 카르의 모습을 보며 물었다.

　"오크의 뼈를 구하려고 그러셨던 겁니까?"

　"그래."

　카르는 대답과 함께 고개를 끄덕이며 뼈를 도로 내려놓았다. 그러고는 이마에서 흐르는 땀을 닦으며 말했다.

　"생각보다 양이 많은데."

　"오크가 수십이었습니다. 많은 것이 당연하죠."

　"그런가? 후우, 덥다."

　대장간 안은 활활 타오르는 불길 때문에 무척 더웠다. 불길로 조금만 다가가면 뜨겁기까지 했다.

　알베르 역시 더운 것은 마찬가지인 듯 턱 선을 타고 땀이 흘러내렸다. 알베르는 이마부터 시작해 턱 밑으로 흐르는 땀을 손등으로 닦았다.

　"이것들로 무얼 하실 생각이십니까?"

　"무기를 만들 거다."

　"오크의 뼈로 무기를 만드신다고요? 오우거의 뼈라고 해도 강철보다는 강도가 약한데……."

　몬스터의 뼈로 만든 무기가 아예 없는 것은 아니었다. 뼈 중에서도 가장 강도가 강한 넓적다리뼈로 만든 무기는 용병들이 흔히 쓰는 무기 중 하나였다.

하지만 그래봤자 뼈. 수차례 담금질을 해온 강철보다는 강도가 약할 수밖에 없다. 몇 차례 검을 부딪치면 부러지게 마련이었다.

제대로 된 검을 사용하지 못하면 목숨을 보장받기 힘들다. 그런 이유로 몬스터의 뼈로 만든 무기는 용병 중에서도 하급 용병이나 사용하는 저급한 무기다. 당연히 값도 그리 많이 나가는 편이 아니었다.

"누가 이대로 무기를 만든데?"

"그럼……?"

"몬스터의 뼈는 철과 궁합이 잘 맞아. 방법만 알면 철과 뼈를 섞어서 더욱 단단한 물질을 만들 수도 있지."

카르의 말에 알베르의 눈동자가 커졌다. 난생처음 들어보는 생소한 말이지만, 사실이라면 이건 무척이나 획기적인 아이디이었디.

"혹시 그것도?"

"그래. 마도시대에는 이런 기술이 있었더군. 뭐, 지금은 사라졌지만."

카르는 어깨를 으쓱이며 대장간을 둘러봤다. 주인에게는 일정량 돈을 쥐어주고 대장간을 빌렸으니 한동안은 아무도 들어오지 않을 것이다.

카르는 손가락 마디를 풀었다. 잡담은 이제 그만, 슬슬 준비에 들어가야 할 때였다.

대장간의 화로는 활활 타고 있었다. 화로 옆으로는 나무를 잔뜩 쌓아두어서 며칠 동안은 걱정이 없을 듯싶었다.

카르는 화로 쪽으로 걸어가며 말했다.

"넌 이만 가서 수련이나 계속해. 난 며칠 동안 검이나 만들어야겠다."

"만들 줄은 아십니까?"

"아, 정정해야겠군. 검이 아니라 금속을 만들어야지. 검을 만드는 건 대장장이가 할 일이지, 내가 할 일이 아니야."

카르는 활활 타오르는 화로 속으로 장작을 던졌다. 화로는 바싹 마른 장작을 집어삼키고는 더욱 거센 불길을 토해냈다.

알베르는 그런 카르를 물끄러미 응시하다가 고개를 푹 숙이고는 밖으로 나갔다.

*　　*　　*

닷새가 지나갔다.

카르는 마틴과 기사들을 불러들였다.

그들이 모인 장소는 기사들이 늘 수련하는 연무장이었다. 기사들을 포함시키면 사람이 꽤 되는 터라 집무실 같은 곳에서는 모이기 힘들었다.

연무장에는 기사들이 줄을 맞춰 서 있고, 마틴과 카르는 수레를 지키듯 옆에 서 있었다.

카르는 기사들을 물끄러미 바라보다가 말했다.

"다들 모인 것 같군."

"꽤 됐습니다. 가장 늦은 건 영주님 아닙니까?"

마틴이 능청스레 말하자 카르는 헛기침을 해댔다. 병사 몇을 시켜 수레를 끌고 온다는 것이 늦어지고 말았다.

카르는 기사들을 정면으로 응시했다.

"험험. 그보다 내가 너희들을 부른 이유는 이것 때문이다."

카르는 수레 위로 덮여 있는 천을 걷었다. 그러자 수레 안에 들어 있던 내용물이 모습을 드러냈다.

검이었다.

병사들이나 사용할 법한 보급형 검. 그러한 검이 수레에 가득 실려 있었다.

"이게 뭡니까?"

마틴은 수레 안을 확인하고는 물었다.

"보다시피 평범한 검이다."

카르의 대답에 마틴은 수레 안에서 검을 하나 꺼냈다. 이리저리 자세히 살펴보았지만 특별한 구석은 없었다.

"보급형 검이군요. 주물 틀에 맞춰서 만들어진, 병사들이 사용하는 검."

"그래. 틀은 똑같지."

카르는 마틴이 들고 있는 검을 받았다. 빛을 발하는 날카로운 검이지만, 그래 봤자 거푸집에 부어 만든 평범한 검이다. 이런 검은 보통 담금질을 한 검에 비해 강도가 약하다.

기사들은 의아하다는 듯이 카르를 바라봤다. 저런 싸구려 검을 기사인 자신들에게 소개하는 이유를 모르겠다는 표정이다.

"렉스."

"예!"

"앞으로 나와라."

카르의 명에 기사들 속에서 렉스라는 기사가 앞으로 나섰다. 렉스는 케로나를 지지하지 않은 다섯 명의 기사 중 한 명이었다.

카르는 앞으로 나온 렉스를 향해 검을 내밀었다. 손잡이 부분이 렉스를 향하도록 하자 렉스는 공손히 검을 받아 들었다.

검을 받아 든 렉스의 눈동자가 커졌다.

"어떻지?"

카르가 득의양양한 표정으로 물었다. 렉스는 상당히 놀란 표정이었다.

"가볍습니다."

렉스는 그렇게 대답하며 검의 손잡이를 잡았다. 허공에 대로 무작위로 검을 휘둘러본 렉스는 신기하다는 듯이 검을 바라봤다.

"가만히 들고 있을 때는 그렇게 큰 차이가 없지만… 휘두를 때는 무게 차이가 확실히 느껴집니다."

렉스는 검을 보다 자세히 살폈다.

분명히 주형으로 만든 보급형 검이다.

그런데 이런 가벼움이라니? 신기할 따름이다.

"가벼운 것뿐이 아니야."

카르가 그렇게 말하며 수레에서 또 다른 검을 꺼냈다. 이번에도 마찬가지로 보급형 검이었다.

기사들의 시선이 일제히 카르가 꺼낸 검으로 쏠렸다. 두 개의 검을 번갈아 본 기사 중 누군가 말했다.

"검의 색이 다른데?"

그 말에 기사들은 렉스가 들고 있는 검과 카르가 들고 있는 검의 색을 비교했다. 정말 미세하긴 하지만 색의 차이가 있었다.

카르는 기사들의 앞으로 검을 내밀었다.

"이 검은 병사들이 흔히 사용하는 보급형 검이다. 그리고 렉스가 들고 있는 검 또한 만드는 방법이 같은 보급형 검이다."

카르는 렉스를 바라보며 말을 이었다.

"하지만 렉스가 들고 있는 검은 지금 내가 들고 있는 검보다 가볍다. 그리고……."

카르는 검을 위로 치켜들며 말했다.

"렉스, 검을 앞으로 내밀어라."

"예? 아, 알겠습니다."

렉스는 얼떨결에 검을 앞으로 내밀었다. 카르는 그대로 치켜든 검을 렉스의 검을 향해 내리찍었다.

카앙─!

쇳소리가 크게 울렸다. 검과 검이 부딪칠 때마다 들리는 익숙한 소리다.

하지만 어딘가 다른 점이 있었다.

마치 무언가 부러지는 소리와 같았다.

"이게… 어떻게 된 일이지?"

렉스는 자신이 들고 있는 검과 카르의 검을 번갈아봤다. 자신이 받은 검은 멀쩡했지만, 정작 검을 내려친 카르의 검은 두 동강이 나 있었다.

분명 똑같은 보급형 검이다. 담금질 따위는 일절 하지 않은, 일종의 대량 생산품이다.

하지만 두 개의 검이 부딪친 결과는 명확했다. 하나는 부러지고 다른 하나는 멀쩡했다. 이건 거의 명검과 싸구려 철검의 차이였다.

의문이 가득한 렉스의 눈을 바라본 카르가 말했다.

"렉스가 들고 있는 검은 철이 아닌 새로운 광물로 만든 검이다."

"새로운 광물?"

카르의 말에 기사들이 술렁였다.

세간에는 검을 만들기에 가장 적합한 광물로 철이 알려져 있었다. 가장 흔하면서 단단하기 때문이다.

한데, 철이 아닌 다른 광물로 검을 만들다니? 그것도 철보다 가볍고 더욱 단단한 광물로 말이다.

궁금증을 참지 못한 렉스가 물었다.

"그런 광물이 있습니까?"

"뭐, 철보다 단단하고 가벼운 광물로는 미스릴이 있지. 하지만 너희들도 알다시피 우리 영지에서 미스릴처럼 비싼 광물을 사용할 수는 없는 노릇 아니겠어?"

"그럼……?"

"세간에는 알려지지 않은 전혀 새로운 금속이다."

열려지지 않은 새로운 금속이라는 말에 마틴이 처음으로 입을 열었다. 눈은 보석 꾸러미라도 발견한 듯 그 어느 때보다 반짝이고 있었다.

"새로운 금속이라면 어떤 광물입니까?"

"이름은 아담. 아다만티움이라는 금속의 이름을 따서 그렇게 지었다."

카르는 지어낸 이름이라고 했지만 사실은 예전부터 있던 이름이다. 물론 아다만티움이라는 금속의 이름을 따서 지어진 이름인 것은 사실이다.

아다만티움은 전설 속에나 나오는 금속이다. 옛 마법사들은 갖은 추측 중에서 마게의 금속이라는 가설을 가장 신빙성있게 보았다.

한편 아담은 몬스터의 뼈와 철을 섞어서 만든 금속이다. 마계에도 몬스터가 있을 것이라는 생각에 몬스터의 뼈를 이용해 만든 금속이라는 뜻으로 아담이라는 이름을 가지게 되었다.

"철보다 단단하고 가벼운 금속이라……."

마틴의 입꼬리가 말려 올라갔다.

"돈 냄새가 풍기는군요."

“내가 말했지? 돈이라면 마련할 방법이 있다고.”

“대량 생산은 가능하겠지요?”

“내 손을 약간 거쳐야 하겠지만 만들려고만 한다면 누구나 만들 수 있지. 생산 문제는 걱정하지 않아도 된다.”

마틴은 턱을 쓰다듬으며 행복한 웃음을 지었다. 카르가 기억하기로는 마틴이 영주성에 들어온 이래 가장 행복해 보이는 웃음이었다.

“흐흐흐.”

“그렇게 좋냐?”

“그럼 안 좋겠습니까? 솔직히 영주님께서 이곳저곳 돈을 뿌리는 걸 보고 얼마나 속이 타들어가던지. 안 그래도 영지 재정은 부족한데 영주님은 돈을 사용할 줄만 알지, 버실 줄은 모르니까 죽겠더라고요.”

정말 힘들었던 모양인지 마틴은 끙 소리를 내며 우울한 표정을 지었다. 하지만 그 표정은 이내 카르가 수레에 실어온 검을 보자 밝아졌다.

“하지만 이것만 있으면⋯ 영지 재정은 전혀 문제가 없겠군요. 아니, 영주님 말씀대로 대량 생산만 가능하다면 이건 대륙에 엄청난 파장을 몰고 올 겁니다.”

“나도 알고 있어.”

카르는 기사들을 향해 말했다.

“각자 검을 한 자루씩 가지고 가라. 그리고 알베르, 대장간에 이것과 같은 검이 있을 거니까 병사들에게도 지급하도록 해."

"알겠습니다."

"그럼 난 이만 자러 가봐야겠다."

카르가 하품을 늘어지게 하며 뒤돌자 마틴이 물었다.

"벌써요? 아직 초저녁입니다."

"저거 만든다고 하루를 꼬박 새웠거든. 지금 피곤해 죽겠
어. 내일 아침에나 일어나야지."

카르는 수레를 손가락으로 가리키며 마틴에게 말했다.

"넌 저거 무구 하나에 얼마에 팔지 적당한 가격이나 생각해
봐."

"알겠습니다."

마틴의 표정이 활짝 펴졌다. 재정관이 된 이후로 마틴에게
가장 행복한 고민이었다.

＊　　＊　　＊

이튿날 아침이 밝았다.

창밖으로 아침 햇살이 들어왔다. 솔솔 부는 바람과 함께 살
짝 열린 창문으로 새 한 마리가 들어와 울었다.

짹짹—

그 소리에 카르의 눈이 스르륵 떠졌다. 상체를 들어 졸린 눈
을 깜박이던 카르가 방 안으로 들어온 새와 창문 밖을 번갈아
봤다.

“아침인가?”

졸린 하품을 늘어지게 하며 카르는 다시 자리에 누우려 했다.

똑똑—

“영주님, 저 로오나입니다.”

로오나가 아침 식사를 가지고 왔다. 카르는 울상을 지으며 다시 몸을 일으켰다.

무거운 걸음을 이끌고 방문을 열자 로오나가 풍성한 아침 식단을 가지고 들어왔다. 빵과 고기가 들어간 스튜, 계란 프라이였다.

카르는 식단을 보더니 말했다.

“많아.”

“나이가 몇이신데 투정이십니까. 다 드십시오.”

로오나는 카르의 손에 수저를 쥐어줬다. 솔직히 어제저녁도 거르고 잠이 든 탓에 배가 고팠다. 카르는 스튜를 한 수저 떠서 입으로 가져갔다.

“맛있네.”

시장이 반찬이라고, 평소보다 맛있게 먹었다. 스튜를 한 입 떠먹고, 빵에 잼을 발라 입으로 가져가자 로오나가 말했다.

“빨리 드시고 나가봐야 할 것 같습니다.”

“왜?”

빵을 입으로 가져가던 카르의 손이 멈췄다. 로오나가 대답했다.

"이른 아침부터 손님이 와 계십니다. 아까부터 기다리고 계
시니 빨리 가보셔야 할 것 같습니다."

"누군지는 모르고?"

"네."

이렇게 아침 식사나 나르고 있지만 로오나는 총관이 된 후
로 자신이 할 일을 착실히 해나갔다. 아직은 어수룩한 면도 없
지 않지만 차차 적응해 나갈 것이다.

손님을 모시는 일도 로오나가 할 일 중 하나였다. 로오나는
손님을 접대실로 안내하고 곧장 식사를 들고 카르를 찾아왔
다.

카르는 빵을 우물우물하며 생각에 잠겼다. 달리 손님이라고
찾아올 만한 사람이 없었다. 인근 귀족들과 인연이 있는 것도
아니고, 영주성 사람들 외에는 달리 인맥이 없었다.

궁금증이 동해 카르는 후다닥 아침을 비웠다. 옷을 갈아입
은 카르는 손님이 있다는 접대실로 찾아갔다.

손님 접대실로 찾아가자 마틴이 손님을 마주하고 있었다.
카르가 기다릴 동안 말상대라도 해준 모양이다.

카르는 자신을 찾아온 손님을 향해 인사했다.

"누구신데 이른 시간부터 이렇게 찾아오셨습니까?"

카르는 손님의 바로 앞에 앉으며 물었다.

손님은 처음 보는 낯선 얼굴의 남자였다. 일절 면식도 없는
사람이지만 복장은 귀족들이 주로 즐겨 입는 예복이었다.

카르의 말투는 공손한 편이었다. 누군지는 몰라도 복장을

보니 귀족 같고, 굳이 까다롭게 굴 필요는 없었다.

손님은 잠시 카르를 위아래로 훑어보더니 물었다.

"네가 여기 영주인가?"

"그렇습니다만."

대뜸 들이대는 반말 조에 카르는 미간을 살짝 찌푸렸다. 혹시 고위 귀족인가도 생각해 봤지만 전시에 고위 귀족이 굳이 자신을 찾아올 리 없었다.

"에리어 자작이라고 한다. 들어봤나?"

"들어보지 못했습니다."

"그래? 뭐, 용건은 그게 아니니 상관없지."

"그럼 말해주시죠. 그 용건이 뭡니까?"

"아티팩트를 받으러 왔다."

카르가 움찔하며 눈을 동그랗게 떴다.

"뭐라고요?"

"파거슨이 그러더군. 네가 아티팩트를 가지고 있다고 말이야."

카르는 파거슨의 이름을 곱씹었다.

'그게 본명이었나?'

당연히 가명일 것이라 생각했는데 당당히 본명으로 활동했다. 간이 큰 것인지, 아니면 그만큼 믿은 구석이 있는 것인지는 이제 확인해 볼 일이다.

"파거슨……. 당신이 그 녀석의 배후입니까?"

"아니지. 나는 그 녀석과 마찬가지로 이곳에 몸을 담고 있는 일개 하수인에 불과해."

자만심에 가득한 귀족이 하는 말치고는 지나치게 겸손했다. 스스로를 일개 하수인이라고 말하다니.

에리어 자작은 자랑스러운 어조로 말했다.

"검가라고 들어보았나?"

"검가……. 잘 모르겠습니다."

"모른다니 무지하군. 본래라면 알려줄 필요는 없지만… 아티팩트를 받기 위해서는 어느 정도 알릴 필요가 있겠지."

"알고 모르고를 떠나 내 물건을 남에게 공짜로 넘길 생각은 추호도 없습니다. 그리고 작위도 같은데 배경만 믿고 너무 나대시는 것 아닙니까?"

카르는 탁자에 턱을 괴며 에리어 자작을 도발했다. 겸손을 떨긴 했지만 역시나 그도 귀족인 모양이다. 카르의 도발에 에리어 자작의 표정이 와락 구겨졌다.

카르는 에리어 자작의 표정을 살피며 머리를 맹렬히 굴렸다. 지금의 상황, 에리어 자작이 이리 강하게 나오는 이유, 파거슨과 에리어 자작, 그리고 배후라는 세력과의 관계.

그물처럼 엮여 있는 그 구도를 떠올리자 제법 복잡했다. 에리어 자작의 말대로라면 파거슨은 그의 수하가 아니다. 그렇다고 파거슨이 귀족인가 생각해 보면 귀족 작위를 가진 이가 그런 일을 할 리 없다고 생각된다.

그렇다면 파거슨의 입장은 뭘까?

단순히 철광석을 빼돌리는 졸개일까? 그러나 그리 단순하게 생각하기에는 파거슨의 실력이 만만찮다.

복잡하게 얽히는 카르의 생각을 에리어 자작이 깨었다.

"검가의 위세를 알지 못하는 아둔한 녀석에게는 듣고 싶지 않은 말이군."

카르는 상념에서 깨어나 대꾸했다.

"그럼 말해주시죠, 얼마나 대단한 세력인지."

"홍! 대륙을 암암리에 지배하는 세력이 바로 우리다. 검을 배우고 숭배하는 자들이 모이는 곳. 황제조차 검가의 이름 앞에서는 숨을 죽이는데, 네깟 녀석이 거역할 수 있을 것 같나?"

카르의 눈에 이채가 떠올랐다.

'검을 숭배하는 자들?'

카르는 떠오른 의문을 물었다.

"아티팩트를 단지 그 값어치를 생각해 빼앗으려는 겁니까?"

"검가는 그렇게 치졸하고 욕심이 많지 않다. 아티팩트는 옛날 이상한 힘을 쓰던 악마들의 잔재. 마땅히 사라져야 하는 고시대의 유물이지."

카르는 탁자 아래에서 주먹을 쥐었다.

그가 말하는 시대란 분명 마도시대를 저주하는 또다른 명칭.

사라져야 하는 고시대의 유물.

분명 검가는 마법이라는 학문을 적대시하고 있다.

'계획 범위 밖이다.'

이런 세력이 아직 있으리라고는 생각지 못했다. 아무리 철의 시대, 검의 시대라지만 검을 숭배하는 자들의 집단 따위가 있으리라고는, 그들이 마법이라는 학문을 배척하리라고는 생각하지 못했다. 더군다나 그들의 세력은 상당히 강해 보였다.

대제국의 황제조차 숨을 죽이는 세력. 다소 허풍이 포함되었다 해도 저 정도로 큰소리를 쳤다면 일개 자작가는 상대도 되지 않는 세력이리라. 하물며 마도시대를 아는 자들라니.

에리어 자작이 자신을 일개 하수인이라 말하는 것만 보아도 그렇다.

그런 세력이 마법을 배척하고 적대시한다면 지금까지 카르가 생각해 온 계획을 전면 수정해야 했다. 잘못했다가는 마법의 존재를 들키고, 그렇게 되면 순식간에 당할 수도 있었다.

'마법의 존재는 감춘다.'

카르는 머릿속으로 에리어 자작과의 대화 중 우선해야 할 것을 떠올렸다.

'아티팩트는……'

카르는 잠시 머릿속으로 생각을 정리하다 말했다.

"거래를 합시다."

"거래?"

에리어 자작이 의외라는 듯 물었다. 하지만 곧 그럴 듯하다는 생각에 고개를 끄덕였다.

"하긴 너도 아티팩트쯤 되는 물건을 그냥 넘기기는 어렵겠지. 나도 위에서 웬만한 요구는 수용하라 들었다. 좋아, 들어보지."

카르는 아티팩트를 조건으로 거래를 할 생각이었다.

아티팩트는 희대의 보물이다. 세간에 몇 존재하지 않는, 왕족이나 황족들의 가보로나 내려오는 물건이다.

당연히 그 가치와 가격은 천문학적. 그런 보물을 거래로 쓴다면 괜찮은 값을 받을 수 있으리라.

'아티팩트를 만드는 건 어렵지 않다.'

하지만 대량 생산은 불가능하다. 비싼 값을 받고 팔 수 있다고 해도 검가가 감시할 것이다. 잘못하다가는 마법이라는 존재를 들킬 수도 있었다.

카르는 천천히 입을 열었다.

"한 가지 계획하고 있는 것이 있습니다."

"계획? 무슨 계획?"

"아카데미를 세울 생각입니다."

에리어 자작의 얼굴에 흥미가 떠올랐다.

"아카데미라……. 재미있는 생각이군. 하지만 돈이 꽤 많이 들 텐데?"

"돈이야 어떻게든 구해볼 방법이 있습니다. 한데 문제가 하나 있어서요. 아카데미를 여는 사업은 국가에서 인정한 귀족만 가능하다고 들었습니다."

"아카데미를 여는 데에 허가를 해달라는 것이 조건인가? 별로 어렵진 않군."

아티팩트의 값어치에 비해 값싼 조건이다. 물질적으로 돈이 들어가는 것도 아니고, 위에서 말 한마디만 해주면 끝나는 일이다. 아티팩트가 걸려 있는 이상 거절하지는 않을 것이다.

에리어 자작은 흔쾌히 고개를 끄덕였다.

“알았다. 말해보도록 하지. 그 대신 한 가지 물어볼 것이 있다.”

“무엇입니까?”

“아티팩트는 어디서 났지? 악마들의 잔재가 잠들어 있는 곳은 검가에서도 꽤나 신경을 쓰고 있어서 말이야.”

카르는 생각할 것도 없이 대답했다.

“삼 년 전 우연히 마의 숲에 들어갔다가 그곳에서 얻게 되었습니다. 작은 동굴이었는데, 그곳에서 발견한 해골에 끼워진 장신구들이 바로 아티팩트였습니다.”

이 정도는 아주 잠깐만 생각해 보아도 둘러댈 수 있는 거짓말이었다. 하지만 흔한 만큼 가장 있을 법한 이야기이기도 했다.

납득이 가는지 에리어 자작도 고개를 끄덕였다. 검가에서도 카르가 아티팩트를 얻은 경로를 마의 숲이라고 생각하는 중이었다.

“그렇군. 알았다.”

“아티팩트는 검가라는 세력을 확인하는 즉시 드리도록 하겠습니다.”

지금 당장 아티팩트를 가지고 있지도 않았다. 만들고자 한다면 만들 수는 있다. 하지만 지금 당장은 없어서 만들 시간이 필요했다.

에리어 자작 역시 아티팩트를 바로 가져갈 필요성은 느끼지 못했다. 어떻게든 넘겨받기만 하면 그만이다. 그에게 내려진 명령에 시일은 정해져 있지 않았다.

이야기가 대충 끝났다고 생각했는지 카르는 자리에서 슬며시 일어났다.

"그럼 전 이만 가보겠습니다. 해야 할 일이 조금 남았거든요."

"며칠 여기서 머물도록 하지. 검가를 증명하라는 요구는… 크란 왕국의 고위 귀족 분과 연락이 닿으면 믿겠나?"

"귀족 분들이 단체로 저를 속이는 것도 아니고, 그거라면 당연히 믿어야겠지요. 묵으실 방은 총관에게 부탁하십시오."

카르는 몸을 돌려 접대실을 나섰다. 방금 전까지의 서글서글한 표정이 싸하게 굳었다.

'차질이 생겼다.'

검가라는 세력이 있다는 말, 거짓말 같지는 않았다. 파거슨과 엮인 그물 구도를 생각해 보면 에리어 자작의 뒤에 거대한 세력 하나가 있다고 해도 이상하지 않다.

그런 세력이 마법을 배척하고 적대시한다. 순조롭게만 생각했던 계획을 완전히 비틀어야 했다.

우선 자신이 마법사라는 사실은 들켜선 안 된다. 들켜도 되는 시기가 있지만 지금은 아니었다. 지금 당장은 들켜선 안 되었다. 지금은 이게 가장 중요하다.

두 번째로는 힘을 키워야 한다. 적이 거대하다고 해서 마냥 웅크리고 살 수만은 없다. 어떻게 힘을 키울지는 조금씩 세부적으로 계획을 세울 일이다.

세 번째로는 방패와 창이 필요하다.

검가를 포함한 외부 세력으로부터 자신을 보호해 줄 방패, 힘을 기르고 검가를 무찌를 창. 힘과 비슷하지만 조금은 다른 개념이다.

힘은 곧 세력이자 명분, 권력이지만 방패와 창은 하나의 사람이다.

가장 어려운 것은 두 번째. 가장 쉬운 것은 세 번째. 첫 번째는 경우에 따라 어려울 수도 쉬울 수도 있다.

드러내서도 안 되고 웅크려서도 안 된다. 검가라는 세력으로 인해 모순되고 역설되는 이것을 이루어내야 하는 것이다.

카르는 한 손으로 지끈거리는 머리를 짚으며 벽에 몸을 기댔다.

'미치겠군.'

일단 생각은 나중에.

지금은 일단 아티팩트를 만들어야 했다. 저들이 서신을 가져오기 전에 자신이 당시 사용했던 마법과 최대한 비슷한 아티팩트를 만들어놓아야 한다.

상당히 어려운 과제였다. 당시 사용한 마법의 가짓수만 세 가지였다.

속박, 구속, 압박.

두 가지 종류의 아티팩트를 만들려면 시일이 촉박했다.

'아니지. 속박과 구속, 이 미묘한 차이를 검사들이 알아차릴 리는 없을 테니… 두 가지면 되겠군.'

사실상 속박과 구속은 같은 개념이었다. 단지 마법이 다를 뿐이라 중첩이 가능할 뿐이었다.

두 개의 아티팩트면 조금은 여유가 생겼다.

카르는 한숨을 푹 쉬며 자신의 방으로 걸음을 옮겼다.

*   *   *

사흘이라는 시간이 흘렀다.

에리어 자작은 영주성의 방 하나를 빌려 그곳에서 지냈다. 기사 한 명을 보내 검가에 연락을 한 후였다.

그 기사가 오늘 돌아왔다. 손에는 얇은 서신 한 장이 들려 있었다.

에리어 자작은 성문 앞으로 카르를 불렀다. 카르는 하인들을 시켜 말의 고삐와 안장을 채워 조금이라도 더 빨리 에리어 자작이 떠나도록 준비했다.

카르가 성문 앞으로 나오자 에리어 자작은 기사에게 받은 서신을 건넸다.

"보시오."

카르는 에리어 자작이 건네는 서신을 받아 읽었다. 스스로를 검가의 일원이라 밝힌 누군가의 서신이었다. 서신에는 파거슨과 관련된 일에 대한 가식적인 사과와 아티팩트를 요구하는 말이 가식적으로 쓰여 있었다.

곧이어 아래로는 아카데미에 대한 내용이었다. 역시나 가식적인 감탄조를 시작으로, 아티팩트를 넘긴다면 충분한 도움을 주겠다고 적혀 있었다.

카르는 좀 더 시선을 아래로 내려 서신을 보낸 이가 누구인지 확인했다. 서신의 가장 아래, 보낸 이의 이름과 함께 하나의 인장이 찍혀 있었다.

카르는 그 이름을 소리 내어 읽었다.

"루테리온 드 아모스 공작……."

크란 왕국의 검왕 이름이었다. 수백만 백성이 숨 쉬고 살아가는 크란 왕국에서 검의 신으로 칭송받는 사람. 그가 직접 보낸 서신이었다.

인장이 찍혀 있으니 거짓은 아니리라. 카르는 마른침을 꿀꺽 삼키며 서신을 에리어 자작에게 내밀었다.

"인장을 찍어주십시오."

"왜?"

"뭐든 확실한 것이 좋으니까요."

만약에 서신이 거짓일 경우 인장은 에리어 자작이 아모스 공작의 이름을 팔아먹었다는 증거가 될 것이다. 그것을 위한 하나의 보험이었다.

에리어 자작은 살짝 표정을 찡그렸지만 별다른 말은 않고 손가락에 끼워진 인장에 인을 묻혀 서신 뒤에 찍었다.

카르는 아모스 공작의 인장과 에리어 자작의 인장을 번갈아 보다가 고개를 끄덕였다.

"확인 끝났습니다."

에리어 자작이 손을 앞으로 내밀었다.

"이제 됐지? 빨리 아티팩트를 넘겨라."

"알겠습니다."

카르는 손가락에 끼고 있던 반지와 팔찌를 풀어 에리어 자작의 손 위에 올렸다. 에리어 자작은 빛을 받아 반짝거리는 반지와 목걸이를 신기한 눈으로 바라봤다.

"이게 아티팩트인가?"

"사용 방법은 아십니까?"

"모른다."

에리어 자작은 옆에 있던 기사에게 반지와 목걸이를 넘겼다.

"풍문으로는 오러를 다루는 사람들만이 아티팩트의 진위를 알 수 있다고 하더군."

"아티팩트에서는 오러와 비슷한 느낌을 받을 수 있습니다. 오러 수련을 한 기사라면 아티팩트의 진위 여부를 확인할 수 있을 겁니다."

카르의 말이 끝나자 기사가 고개를 끄덕였다.

"확실히 평범한 반지와 목걸이는 아닌 듯합니다. 특이하군요. 오러를 품고 있는 반지와 목걸이라니……."

"그래? 뭐, 가짜라면 나중에 다시 오면 될 일이지."

"그럼 이것으로 끝인가요? 안녕히 가십시오."

카르가 웃으며 대뜸 인사하자 에리어 자작은 헛웃음을 지으며 대꾸했다.

"마치 기다렸다는 듯이 말하는군."

"타 영지의 귀족이 영지에 눌러앉는 건 썩 마음이 편치 않거든요."

"그래? 솔직해서 좋군."

에리어 자작은 기사에게 아티팩트를 돌려받고는 몸을 돌렸다. 함께 온 기사들은 영지로 돌아가기 위해 미리 준비해 놓은 상태였다.

에리어 자작은 말 위에 올라타고는 고삐를 잡았다.

"다음에 만날 기회가 있기를 바라네."

"전 사양하고 싶지만, 모른 척하지는 않겠습니다."

"끝까지 건방이군. 하핫!"

에리어 자작은 호탕한 웃음을 터뜨리고는 말했다.

"가자!"

키힝―!

에리어 자작이 말의 옆구리를 발로 차자 말이 작은 울음을 흘리며 앞으로 나아갔다. 기사들은 그 뒤를 따랐다.

곧 에리어 자작이 시야에서 사라졌다. 카르는 에리어 자작이 사라진 곳을 바라봤다. 흘리듯 남긴 말에서 검가라는 세력의 성질을 하나 더 알게 되었다.

'꼭 검사들만의 세력은 아닌 모양이군.'

기사에게 아티팩트의 진위 여부를 확인하는 것을 보면 에리어 자작은 검을 배우지 않았다. 배웠다 해도 마나조차 느끼지 못할 정도로 수준이 낮았다.

하지만 에리어 자작은 검가의 사람이다. 그 말은 곧 검사가 아니더라도 검가의 일원이 될 수 있다는 뜻이다.

그렇다면 더 위험하다.

무가가 아닌 문가 출신의 귀족, 부유한 상인, 암살자나 조금 과장해서 평범한 일반 평민까지 모두가 검가의 일원이 될 수 있다.

검가. 생각보다 더 위험한 세력이었다.

창과 방패, 머리, 돈, 인력, 모든 것을 고루 갖춘 조건이 그들에겐 있었다.

그들에게서 영지를 보호하기 위해서는 창과 방패가 필요했다. 특히 방패로서의 요건이 반드시 필요했다.

그래서 지금 당장은 기다린다. 웅크리고 있는 동안은 검가를 최대한 이용해 힘을 길러야 했다.

창과 방패는 웅크림을 펴기 위한 방책일 뿐.

앞으로 얼마 안 남았다.

조금만 더 있으면… 스승이 올 테니까.

영지를 지키기 위한 방패로는 그 한 사람이면 충분하다.

Chapter 08
마탑의 건축

마탑의 영주

카르는 아침 식사를 우물거리며 말했다.

"보고해."

아침부터 카르의 방으로 찾아온 로오나와 마틴에게 하는 말이었다. 지난 사 일간 급하게 아티팩트를 만드느라 일이 많이 밀려 있었다.

'아무리 그래도 일어나자마자 일이냐.'

카르는 입 안에 들어간 빵이 무슨 맛인지도 모르고 졸린 눈을 비볐다. 머리도 떵해 제대로 돌아가지도 않는데 일은 무슨.

하지만 마틴과 로오나의 얼굴은 한시바삐 결제를 해달라는 표정이다.

가장 먼저 마틴이 한 장의 서류를 앞으로 내밀었다.

“아담의 판매는 따로 거래할 대상을 정해야 할 것 같습니다. 그 편이 더 안정적이고 지속적인 거래를 할 수 있을 테니까요.”

“용병 길드와는 연락해 봤어?”

“네. 첫 번째 무구 판매가 끝나고, 그중 일부는 용병 길드로부터 몬스터의 뼈를 구입할 예정입니다.”

“귀족들 따로 알아봐. 리스트를 뽑아서 보고해 줘.”

“알겠습니다.”

“그럼 다음. 로오나 넌?”

카르는 수프를 한 수저 떠서 입으로 가져가며 로오나에게 물었다. 로오나는 마틴과는 달리 서류를 들고 오지 않았다.

“영주님이 지시하신 것이 있었지요.”

“음? 뭐였더라. 기억 안 나. 좀 많아야지.”

그 말에 로오나의 주름진 얼굴이 파르르 떨렸다. 그래, 시킨 일이 하나둘이 아니었다. 그리고 그중 가장 빠르게 처리하라 했던 것을 처리해 놓았다.

“건축가 길드에서 사람이 찾아왔습니다. 마침 근처에 실력 있는 건축가들이 있더군요. 이틀 전부터 인근 마을에서 머물고 있습니다.”

수프를 떠먹던 카르의 눈이 커졌다. 입가에 묻은 수프를 닦으며 카르가 씩 웃었다.

“빠른데?”

“알타인 제국의 건축가들입니다. 듣기로는 알타인 제국이

대륙에서 건축 기술이 최고라고 하더군요."

"크란 왕국은 건축 기술이 형편없나 보지?"

"크란 왕국의 건축물은 가만히 있다가도 와르르 무너진 사례가 있답니다. 알타인 제국의 건축물은 지진에도 끄떡없다 하고요."

"아, 그래? 몰랐네."

어떻게 해야 견고한 건축물이 나오는지는 지식으로만 알고 있다. 하지만 어느 나라가 건축 기술이 뛰어나고 뒤떨어지는지는 알지 못했다.

로오나의 말에 문득 떠오른 생각에 카르가 화들짝 놀랐다.

"여기 영주성도 크란 왕국의 건축물 아니야? 가만히 있는데 와르르 무너지면……."

"…의외로 겁이 많으시네요. 걱정 마십시오. 오백 년 역사에 딱 한 번 있었던 일이니까."

"조심성이 많다고 해줘."

카르는 식사를 하다 말고 자리에서 일어났다. 서둘러 건축가들을 만나보고 마탑과 아카데미를 어떤 식으로 지을지 이야기를 나누고 싶었다.

"가자."

*　　*　　*

카르는 건축가들이 기다리고 있다는 곳으로 향했다. 로오나는 그 사이에서 마땅히 할 일이 없어 같이 오지 않았다. 마틴은 건축 시 들어가는 돈에 대해 이야기를 해야 하기에 함께 왔다.

카르가 향한 장소는 영주성 성문 입구였다. 마틴의 말로는 대략 이 부근에서 만나기로 했다고 한다.

카르는 주변을 둘러보다가 물었다.

"여기로 오기로 했다고?"

"네. 영주성까지 들어오기는 싫다고 합니다."

"왜?"

"이유는 자세히 말하지 않았지만, 대충 말을 들어보면 거북한 모양입니다."

마틴은 건축가들과 미리 이야기를 나눠보았다. 하지만 영주와 직접 이야기를 나누고 싶다는 말에 정확한 이야기는 아직 나누지 못한 상태였다.

"이유가 뭐지?"

건축가들은 인근 마을 근처에서 머물렀다. 영주성에서 머물 것을 권했지만, 거절했다고 한다. 어차피 이곳까지 오는 길, 영주성에서 좀 더 좋은 대접을 받는 편이 저들에게도 좋을 텐데 이상한 일이다.

카르의 물음에 마틴은 어색하게 웃으며 대답했다.

"곧 만나보시면 압니다."

"…그냥 말해주지?"

"눈으로 보시는 편이 이해가 빠를 겁니다."

찝찝한 기분이 들었으나 카르는 고개를 끄덕이며 마틴의 뒤를 따랐다. 마틴은 정확한 약속 장소를 알고 있었다.

마틴과 더불어 이동한지 얼마 지나지 않아 곧 성문 바로 앞쪽에 도착했다. 멀리 보이는 사람들이 있었다.

"저들인가?"

카르의 표정에는 '설마 저들이야?' 라고 적혀 있는 듯했다. 하지만 설마가 사람을 잡았다.

"네."

"…꼬맹이들에게 잘도 일을 맡겼군."

"꼬맹이 아닌데요."

"그럼? 네 눈엔 저들이 어른으로 보이냐?"

"죄다 늙은이들입니다."

카르는 표정을 와락 구겼다.

"무슨 소리야?"

"가까이 가보시죠."

마틴의 대답에 카르는 다시 설음을 옮겼다. 하긴, 설마 로오나와 마틴이 꼬맹이들을 데려다가 놓지는 않았을 터이다.

가까이 가보고서야 카르는 마틴의 말을 이해할 수 있었다. 카르가 가까이 다가가자 꼬맹이들이 살짝 주름진 얼굴로 말했다.

"네가 의뢰인이냐?"

"…드워프?"

꼬맹이가 아니라 난쟁이였다.

책에서만 본 이종족이 눈앞에 다가오자 카르는 신기하다는
듯이 쳐다봤다.

"뭐냐?"

"드워프 맞지?"

"그럼 우리가 인간으로 보이나?"

카르의 눈에 호기심이 잔뜩 동했다. 난생처음 보는 이종족
이라 더욱 그랬다.

하지만 이내 고개를 흔들었다. 지금 중요한 건 이들에 대한
궁금증이 아니라 탑과 아카데미의 건설이었다.

"흠흠. 드워프라면 대장장이 일과 건축 일에는 최고라고 하
던데, 사실인가?"

"당연하다."

카르의 바로 앞에 있는 드워프가 대표로 대답했다. 그 목소
리에서 자부심이 느껴졌다.

카르는 눈을 빛내며·물었다.

"혹시 건축 일 외에 대장장이 길드도 있나? 드워프들 사이
에서는 서로 연락을 할 것 같은데."

"대륙에 넓게 퍼져 있는 우리 일족은 대장장이 일은 물론 건
축도 함께하고 있다. 대장장이 일에 관해서는 따로 의뢰를 해
야 한다."

지금 카르에게 필요한 것이 바로 이 두 가지였다.

마탑과 아카데미를 건축할 건축가들과, 아담을 지속적으로
만들기 위해 필요한 대장장이 길드. 후자는 사실 반쯤 포기하

고 있는 중이었다.

아담의 제작 방법을 다른 사람에게 알려주기는 상당히 껄끄러웠다. 자칫 잘못해서 제작 방법이 유출되면 독점이라는 가장 큰 이점이 사라지게 된다.

하지만 드워프들이라면 믿을 수 있었다. 카르가 알기로 드워프들은 인간과는 다르게 순수하게 자신의 일에 열정을 가지고 신의를 저버리지 않는다고 들었다.

물론 계약서를 남기는 것과 나름대로의 안전장치 정도는 필요하겠지만 말이다.

"근처에 지부가 있다면 알려줘라. 새로운 금속을 만들었는데, 그 부분에 관해 계약하고 싶은 게 있으니."

"새로운 금속?"

드워프들이 흥미를 보였다. 대장장이 일보다는 건축 일에 전공을 쌓은 그들이었지만 역시 본능은 드워프였다. 새로운 금속이라는 말에 눈이 번뜩이는 것을 보면 말이다.

카르는 손을 휘휘 저었다.

"나중에 너희 길드에 따로 연락을 넣을 테니까. 지금 할 일은 그게 아니잖아?"

"흠흠, 그건 그렇지."

드워프는 헛기침을 하더니 말했다.

"대충 뭘 만들면 되는 건지는 들었다. 아카데미의 건설은 그렇다 쳐도, 거대한 탑을 만들어달라니, 신기한 인간이군."

"내가 남들과 좀 다르긴 하지. 이야기는 되도록 선불 금액을 낮추는 방향으로 해달라고 했는데? 이야기는 잘됐나?”

“선불? 건축을 하기 전에 미리 받는 돈 말인가? 그거라면 굶어 죽지 않을 정도만 주면 된다.”

그 대답에 카르는 눈앞의 드워프에게 호감을 느꼈다. 당장은 그렇게 큰돈이 있지 않아 걱정했는데, 드워프라서 그런지 돈 욕심이 그렇게 많지는 않은 모양이다.

“대신 완공 후에는 확실히 돈을 받을 거다. 건물이 잘 지어질수록 금액은 올라간다.”

카르의 눈에 살짝 실망한 기색이 비쳤지만 선금이 없다는 것만 해도 충분히 희소식이었다.

“금액을 듣지 못했는데, 얼마 정도로 생각하고 있지?”

“설계도를 보고 결정하겠다.”

드워프는 그렇게 말하며 널따란 종이를 꺼냈다. 이 자리에서 바로 그려보라는 뜻이다.

보통 이런 경우에는 자신이 생각하는 모양을 대략적으로 그리게 마련이다. 그리고 그 그림은 그리 정교하지도 않았다. 드워프가 바라는 것은 겉으로 보이는 아주 대략적인 모양이었다.

카르는 늘 가지고 다니는 펜을 꺼내었다. 옆에서 마틴이 잉크를 꺼내 카르에게 내밀자 카르는 펜의 끝부분을 잉크에 적셨다.

스윽스윽—

종이 위로 펜이 그어질 때마다 짧고 예리한 소리를 냈다. 정교한 손길이 이어질 때마다 종이 위에는 설계도의 모습이 갖춰졌다.

드워프들이 놀란 눈으로 물었다.

"설계도 그리는 방법은 어디서 배웠지?"

"안 배웠다."

"그럼?"

"책에서 봤지. 대충 이런 식으로 그리라고."

카르는 대답을 하면서도 손을 멈추지 않았다.

물론 보통 사람이 책에서 본 것만으로 설계도를 그릴 수 있다는 것은 말이 되지 않는다.

마법사이기에 가능한 일이기도 했다.

'점, 선, 면, 공간이라면 이미 도가 텄으니까.'

설계도를 그리는 데 가장 중요한 능력이 바로 공간 지각 능력이다.

카르는 마법사로서 점과 선, 면과 공간을 깨달았다. 이미 공간에 대한 이해는 도가 튼 카르였다.

스윽스윽—

카르의 손이 움직이자 '선'이 그려졌고, 그것들이 모여 '면'이 만들어졌다. 그리고 그것들이 모여 하나의 '공간'이 되었다.

이윽고 아주 정교하지는 않지만 그 모양을 알아보기에 무리가 없는, 그럭저럭 괜찮은 설계도가 만들어졌다.

"세부적인 것들이 많이 결여됐지만 겉모습은 대충 이렇다."

"호오, 이건!"

드워프들은 카르가 그린 설계도를 가운데 두고 왁자지껄 떠들기 시작했다. 이런 건축물은 본 적도 만들어본 적도 없다.

"신기하군그래. 하지만 솔직히 이렇게 건축을 하는 것이 무슨 의미가 있지? 고층 건물과 다를 바가 없지 않나?"

"아니. 달라. 그것도 아주 많이."

카르가 원하는 것은 마탑이다. 말 그대로 마법사들이 살아가는 탑이다.

카르가 원하는 것은 단순히 으리으리하고 거대한 건물이 아니다.

마탑.

마법사들을 상징하는 그 건축물을 다시 만들고자 하는 것이다. 그리고 마탑의 건설이야말로 마법사들의 시대를 부활시키고자 하는 카르의 진정한 첫걸음이었다.

하지만 그런 카르의 생각과는 달리 드워프들은 고개를 갸웃할 뿐이다.

"이해를 못하겠군."

"이해하지 않아도 좋아. 내가 원하는 건 당신들이 이 탑을 건축해 줬으면 하는 것뿐이니까."

"그것도 그렇군. 우리야 뭐, 실용도 같은 것보다는 새로운 건축물을 지을 수 있다는 것에 만족할 뿐이다."

드워프들이 그렇게 말하자 잠자코 카르와 드워프의 대화를 듣고 있던 마틴이 끼어들었다.

“그럼 가격은 어떻게 됩니까?”

“글쎄, 잠시 생각을…….”

“이야기를 들어보니 그쪽에게도 좋은 일 같은데 싸게 좀 해 주시죠?”

마틴은 그러면서 주판을 탁탁 두드렸다. 드워프들이 무어라 입을 열기도 전에 계산을 끝낸 마틴이 주판을 앞으로 내밀었다.

“이 정도면 어떻습니까?”

“우리는 주판을 볼 줄 모르네.”

“8천 골드입니다. 이 정도면 그럴싸한 탑 하나 만들기엔 부족하지 않다고 봅니다만?”

마틴이 그렇게 묻자 드워프들은 똥 씹은 표정으로 입을 열었다.

“이봐, 자네…….”

“이 설계도는 보고 계산한 거냐?”

카르는 드워프의 말을 자르며 방금 선 자신이 그린 설계도를 마틴에게 건넸다.

“설계도라면 고개 너머로 봤습니다.”

“자세히 봐봐.”

카르가 그렇게 말하며 설계도를 마틴에게 떠넘겼다. 이미 한 번 본 터라 마틴은 의아해하며 다시 한 번 설계도를 살폈다.

처음부터 끝까지 설계도를 살핀 마틴의 입이 천천히 벌어졌다.

"뜨악!"

마틴은 외마디 비명을 내질렀다.

그러더니 다시 주판을 두드리고는 홀로 중얼거렸다.

"일… 십… 백… 천… 만… 이만… 오만… 팔만……."

마틴은 고개를 돌려 카르를 바라봤다. 잔뜩 울상이 되어버린 표정은 애절하기까지 하다.

"제가 잘못 계산한 거죠?"

마틴의 표정은 제발이라고 부탁하고 있었다.

"정확히 열 배로군."

카르는 태연하게 대답했다.

"진짭니까?"

"영주성보다 훨씬 크고 웅장하게 지을 생각이다. 눈이 잘못되지 않았으면 봤을 거 아냐?"

"최소로 잡아도 팔만 골드입니다! 팔만 골드! 팔만 골드가 뉘 집 개 이름인줄 아십니까?"

"돈이야 벌면 그만이지."

"어떻게요?"

"아담 팔아서."

"그게 말처럼 쉽습니까!"

"안 되면 빚이라도 내서 대대손손 갚아야지. 별수있나?"

얼굴에 철면피를 두른 듯한 뻔뻔함에 마틴은 입을 벌린 채 드워프들에게 도움의 눈길을 보냈다.

하지만 마틴의 편은 없었다.

"허허, 우리야 뭐 돈만 받을 수 있다면 상관없네."

"선금은 경비 제하고 삼만 골드로 하지. 무이자 할부로."

"좋네."

"뭘 그렇게 태연하게 흥정하는 겁니까!"

마틴은 빽 소리를 지르고 어지러움을 느꼈다. 자신이 지금까지 알고 지낸 영주가 이렇게 뻔뻔한 인간이었나 싶다.

절망으로 가득 찬 마틴의 표정을 외면한 채 카르는 드워프들을 향해 손을 뻗었다. 드워프들의 키가 작아 손을 내밀었다기보다는 아래로 뻗어야 했다.

"그럼 부탁하지."

"허허. 뒤에 있는 인간은 신경 쓰지 않아도 되나?"

"괜찮아."

"그렇구먼."

카르와 가장 가까이 있던 드워프가 앞으로 나섰다.

드워프는 카르의 손을 맞잡았다.

"호그루라고 하네. 드워프 길드의 난센 백작령의 지부장을 맡고 있지."

"카르. 정식 풀 네임은 페라스 폰 카르라고 한다."

"어린 녀석이 말을 낮추는 건 못마땅하지만… 자네가 생각한 이 탑은 반드시 설계도대로 만들어줌세."

호그루의 얼굴에는 처음 보는 건축물을 반드시 완공하겠다는 결의가 담겨 있었다. 그것은 세월이 지나도 변하지 않은 드워프들의 순수한 장인의 본성이었다.

"원한다면 말 높여주는 것 정도는 해줄 수 있는데?"

"됐네. 이젠 이게 편하구먼."

호그루는 허허 웃으며 말했다.

"앞으로 잘 부탁하네."

*　　*　　*

허름한 오두막 안은 대낮임에도 무척 어두웠다. 들어오는 빛이라곤 작은 창문 하나를 통해 들어오는 햇빛뿐이었다. 하지만 그 햇빛조차 그 양이 그리 많지 않았다.

스윽—

오두막 안에서 인기척이 났다. 사람이 살지 않는 오두막처럼 보이는데 의외였다.

오두막 안의 사람은 머리 위로 후드를 올렸다. 그리곤 방금 전까지 들고 있던 책을 근처에 있는 낡은 책상 위로 올려놓았다.

그리곤 미련없이 발걸음을 돌렸다.

남자인지 여자인지도 구분이 어려운 그는 오두막의 낡은 문을 열었다.

끼이익—

낡은 문이 열리며 기분 나쁜 소음을 냈다. 그 소리에 기분이 나쁜지 후드 사이로 드러난 주름진 입가가 살짝 일그러졌다.

오두막을 나서도 주위는 그리 밝지 못했다.

물론 날씨가 흐리다거나 한 건 아니었다.

해가 하늘 위로 창망하게 떠오르고 구름 한 점 찾아보기 힘든 화창한 날씨였다.

문제는 그 밝은 햇빛을 막고 있는 나무였다. 빽빽하게 들어선 나무가 이른 아침의 맑은 햇빛을 다 막고 있었다.

살짝 고개를 들어 올려보니 빽빽한 나뭇잎 사이로 햇살 한 가닥이 눈에 들어왔다. 실로 오래간만에 느껴보는 햇빛이다.

그는 한 손으로 햇빛을 가리며 중얼거렸다.

"페라스 자작령이라고 했던가?"

제자 녀석이 찾아오라고 했던 곳이다. 바깥세상은 처음. 세상 구경은 제자 녀석의 집에서부터 시작할 생각이다.

원래는 좀 더 느긋이 시간을 두고 갈 생각이었다. 하지만 얼마 전, 카르로부터 연락이 왔다.

도와달라고.

아무래도 무언가 일이 꼬인 모양이다. 가까운 시일 내로 와달라고 하는 것을 보면 말이다.

저벅—

길게 자라난 잡초 사이로 걸음을 옮겼다.

목적지가 정해졌다.

길은 모르지만 물어물어 찾아가면 될 것이다. 그리 멀지 않은 영지라고 했으니 찾아가는 길은 그리 어렵지는 않으리라.

*　　　*　　　*

하라스 자작령.

페라스 자작령과 인접한 영지로 한때는 페라스 자작가의 식량을 책임지던 영지다.

페라스 영지는 철광석 덕분에 나름대로 부유한 영지이다. 하지만 농사가 잘 되지 않아 식량이 부족한 영지이기도 했다.

하라스 자작가는 그런 페라스 자작가에게 일정량의 철을 받으며 식량을 공급했다. 그리고 그런 관계를 보다 오래 지속하기 위해 가문의 여식인 케로나를 페라스 자작가의 영주에게 시집보냈다.

하지만 그런 관계는 이미 끝난 지 오래였다. 페라스 자작의 사망 소식이 들려온 후 하라스 자작가는 페라스 자작가로 더 이상 식량을 보내지 않았다.

케로나는 파거슨의 도움으로 하라스 자작가로 돌아왔다. 이를 갈고 페라스 영지에게, 카르에게 복수할 것을 다짐했다. 우호 관계로 시작했던 두 영지는 이제부터 원수였으며, 서로의 목에 칼을 겨눠야 할 상황이었다.

"준비는 어떻게 되어가지?"

케로나는 총관에게 앙칼진 목소리로 물으며 소파에 앉았다. 그에 호리호리한 몸에 부드럽게 휘어진 눈매의 총관이 대답했다.

"순조롭게 이루어지는 중입니다. 영지민들을 모아 미리부터 훈련을 시키는 중이고, 용병 길드에 역시 미리 연락을 넣어 두었습니다."

"각별히 준비하도록 해라. 반드시 이겨야 하는 싸움이다."

"걱정 마십시오. 영주님께서도 만전을 기하고 계십니다."

총관의 확언에 케로나의 표정이 다소 풀어졌다. 하지만 이내 얼마 전까지의 자신의 모습이 떠올라 다시 표정을 와락 구겼다.

"오라버니는 무얼 하고 있지?"

"그동안 연줄이 닿아 있던 중앙 귀족분에게 부탁해 최대한 영지전 일정을 앞당기고자 하시는 모양입니다. 아무래도 영지전이 빠르게 진행될수록 저희에게 유리하겠지요."

영지전에서 이기고 싶은 것은 비단 케로나뿐만이 아니었다. 애초에 영지전의 승리를 바라지 않았다면 하라스 자작은 영지전을 벌이자는 케로나의 요구를 받아들이지도 않았을 것이다.

영지전에서 패하면 자칫 영지의 모든 것들을 잃을 수가 있다. 영지전이란 큰 것을 얻는 만큼 잃는 것도 큰 위험한 도박이다.

하지만 하라스 자작가로서는 철광산을 보유한 페라스 영지가 그렇게 먹음직스러울 수가 없었다. 승리하기만 한다면 비옥한 토지에 더불어 철광산이라는 보물을 가지게 되는 것이다.

'중앙 정계로 진출할 생각이겠지.'

케로나는 자신의 오라버니이기도 한 하라스 자작을 떠올

렸다.

하라스 자작은 그렇게 능력이 있는 인물은 아니었다. 반면
야심은 컸다.

하라스 자작의 꿈은 중앙 정계 진출이었다. 그렇기에 오래
전부터 공을 들여 중앙 귀족들과 연줄을 만들기 위해 비옥한
토지로 벌어들인 돈을 뇌물로 사용했다.

파거슨은 그 중앙 귀족이 보낸 사람이었다. 페라스 자작가
의 철광석을 빼돌리고, 그중 반을 중앙 귀족에게 헌납하고 있
었다. 그렇게 삼 년이라는 공을 들인 덕분에 하라스 자작은 중
앙 귀족 중 몇몇과 친분을 만들 수 있었다.

그리고 이제야 앞으로 나아갈 때라고 하라스 자작은 생각했
다. 케로나는 굳이 하라스 자작 본인 입으로 듣지 않아도 알
수 있었다.

"중앙 정계의 진출이라……. 하긴, 아버지께서도 오래전부
터 그걸 원하셨지."

"선대 영주님들의 염원 아니겠습니까? 이제 그 길이 보이려
하니 영주님께서도 기쁘시겠지요."

케로나는 고개를 끄덕이며 대꾸했다.

"그래, 중앙 귀족이 도와준다는 게 뭐지?"

"기사단 한 대대를 파견해 주시겠답니다."

"기사단을?"

총관의 대답에 케로나는 만족한 표정으로 고개를 끄덕였다.
기사단을 지원받을 수만 있다면 사자기사단이 빠진 페라스 자

작가 따위는 확실하게 짓밟을 수 있었다.

"뭐, 아무튼 좋아."

케로나는 이를 악물었다. 지난 일을 떠올리니 이가 갈리고 치가 떨린다.

케로나는 이어 말을 덧붙였다.

"그 영지만 밟을 수 있다면."

"꼭 그리 될 겁니다."

총관은 하얀 치아를 드러내며 케로나를 향해 고개를 숙였다. 케로나는 그 모습을 힐긋 바라보다 고개를 획 돌렸다.

그때, 방문이 열리고 한 남자가 안으로 들어왔다.

푸근한 눈매에 살짝 마른 체구의 중년 남자였다. 근엄한 표정으로 케로나의 방으로 들어온 그는 케로나의 오라버니이자 현 영주인 하라스 자작이었다.

총관은 하라스 자작에게 고개를 숙여 인사했다. 하라스 자작은 방 안으로 걸어 들어와 케로나의 맞은편에 털썩 앉았다.

"여긴 어쩐 일인가요?"

케로나의 물음에 하라스 자작이 대답했다.

"총관을 만나러 왔다. 너야말로 여긴 어인 일이냐?"

"저도 총관을 만나러……. 물어보고 싶은 게 여러 가지 있어서요."

"그래? 볼일이 끝났으면 비켜줬으면 하는구나. 이야기할 것이 있어서."

"알았어요."

케로나는 하라스 자작과 총관의 이야기에 별로 관심이 없었
다. 어차피 평소처럼 영지 경영 이야기이거나 아니면 영지전
관련 이야기일 것이다.

케로나가 순순히 밖으로 나가자 하라스 자작이 총관에게 말
했다.

"확실히 확답이 온 상태겠지?"

"물론입니다. 황소기사단 한 대대를 지원받기로 했고, 추가
로 수준 높은 용병들을 대주시겠다고 합니다."

"용병들까지는 필요없는데……. 베그먼 백작님이 우리를
많이 위해주시는군."

하라스 자작은 뿌듯한 표정을 지었다.

그간 베그먼 백작을 통해 많은 이익을 보아온 하라스 자작
이다. 페라스 자작가 영주가 부재인 것을 틈타 베그먼 백작이
하라스 자작과 함께 손을 써 지난 삼 년 동안 어마어마한 양의
철광석을 빼돌렸다.

그 양이 실로 막대했다. 비록 반이 넘는 양을 베그먼 백작에
게 상납해야 했지만 그것만으로도 영지를 발전시키는 데 많은
도움이 되었다. 덕분에 하나였던 상단을 두 개까지 운영할 수
있어서 영지 자금은 더욱 늘어났다.

비록 계획이 살짝 틀어졌지만 지금의 상황도 나름 괜찮았
다. 아니, 오히려 더 좋다고 볼 수도 있었다.

영지전의 승리는 이미 기정사실. 페라스 영지만 차지할 수
있다면 비옥한 농토에 풍부한 철광석, 거기에 두 개의 상단을

가지게 되는 것이다.

그렇게만 된다면 선대로부터의 염원인 백작으로의 승작이 꿈이 아니었다. 막대한 돈으로 이끄는 세 대대의 기사단, 병사, 고용된 용병. 이를 통해 무력을 행세하고, 금력으로 귀족들의 호의를 살 수 있다. 땅도 넓어지니 백작으로 올라가는 조건도 맞춰진다.

적당한 명분 하나만 건지면 바로 백작으로 올라갈 수 있는 것이다. 물론 영지전에서 승리한 후겠지만, 베그먼 백작의 도움이 있는 이상 걱정은 없었다.

하라스 자작은 흐뭇하게 웃었다.

"아직 마냥 좋아할 때만은 아닙니다."

총관이 풀어져 있는 하라스 자작을 다그쳤다. 하라스 자작은 좋은 기분에 찬물을 맞은 기분이라 짜증스럽게 대꾸했다.

"뭐가 말인가?"

"베그먼 백작님이 아무런 목적도 없이 이런 호의를 베푸시는 것은 아닐 겁니다. 분명 무언가 원하시는 비가 있을 테고, 영지전 또한 어떤 변수가 있을지 모르는 일입니다."

"물론 베그먼 백작님께도 충분한 호의를 보여야겠지. 영지전 또한 만반의 준비를 기울일 생각이네."

충분한 호의란 뇌물을 뜻하는 것이었다. 만반의 준비란 충분한 기사와 병사들로 충분하다 생각했다.

총관 역시 영지전에 관해서는 별다른 걱정을 하지 않았다. 이미 압도적인 전력 차, 사자기사단이 없는 페라스 영지쯤은 충분히 이길 수 있었다.

문제는 베그먼 백작의 속내였다. 멍청한 것인지 하라스 자작은 베그먼 백작의 호의를 곧이곧대로 받아들이고 있었다.

세상에 대가없는 호의란 없다. 하물며 이 귀족 사회에서는 더더욱 그렇다.

가는 게 있으면 더욱 큰 것으로 받아내는 것이 귀족이라는 족속들이다. 특히나 베그먼 백작과 같은 경우는 오랜 시간 공을 들인만큼 더욱 큰 것을 요구할 것이다.

'잘못 생각하시는 겁니다.'

총관은 눈을 질끈 감았다.

영주가 자신을 찾아온 김에 어떻게든 설득을 해보려 했으나, 더 이상의 설득은 불가능할 것 같았다. 하라스 자작은 완전히 베그먼 백작을 신뢰하고 있었다.

Chapter 09
카르의 스승

마탑의 영주

카르는 오래간만에 일에서 해방되어 자신의 방에 틀어박혔
다. 구휼미가 내려지고 병사들로 치안을 강화했다. 무구 판매
는 대상자를 정할 때까지 정해야 하고, 탑과 아카데미 건설은
드워프들에서 맡겨 놓은 상태였다.

지금 당장은 할 일이 없었다. 아마 요 며칠간은 시간이 남을
것이다.

카르는 소파 위에 앉아 가부좌를 틀었다. 눈을 감고 공상의
세계로 천천히 빠져들었다.

일종의 수련이었다.

마법사의 수련은 어떤 것일까?

검사는 검을 휘두르고 육체를 한계까지 몰아붙이는 것으로

강해진다.

검사들이 추구하는 것은 육체의 강함이다. 그렇기에 자신의 육체를 더욱 강하게 만들고, 자신이 휘두르는 검을 더욱 부드럽고 강하게 단련한다.

마법사는?

마법사는 검사와는 달리 본래 학문을 다루는 이들이다. 마법이라는 학문을 연구하고 지식을 탐하는 이들. 그게 바로 마법사라는 족속이다.

그렇다면 마법사는 과연 어떻게 강해질까?

무슨 수련 방법으로 강해지는 것일까?

'특별한 수련은 없었지.'

마법사는 '재능' 이 가장 중요하다.

그리고 그 재능에는 타고난 신체 역시 포함되어 있었다.

마나를 잘 끌어들이는 몸, 그리고 끌어들인 마나를 최대한 많이 몸에 축적하는 체질. 그것이 바로 마법사로서 가장 타고난 이상적인 몸이다.

마법사의 강함은 두 가지로 나뉜다.

마법에 대한 이해도, 그리고 마법의 활용.

마법의 가장 기초인 마나를 이해하고 나아가 점과 선, 면과 공간이라는 개념을 이해한다. 그리고 이를 근본으로 마법을 발현한다. 마법이라는 학문은 기본적으로 이것을 바탕으로 두고 있었다.

카르는 점과 선, 면과 공간이라는 개념을 이해했다. 이제는 그보다 더 상위의 개념을 이해할 때였다.

그리고 그것을 위해 필요한 것은 깨달음이다. 공간이라는 개념은 반복적인 학습으로 이해할 수 있지만 그다음부터는 그게 통하지 않는다.

깨달음이라는 것은 말이 쉽지 무척 추상적인 것이다. 정확하게 무엇을 깨달아야 하며, 무엇을 필요로 하는지 누군가 가르쳐 준다 해도 그것을 깨달을 수 있을지는 미지수였다.

게다가 어떤 정도를 걸어왔느냐, 마법을 배우는 개인의 가치관이 어떠하냐에 따라 깨달음이 나뉜다. 누구에게는 마법에 대한 인식을 완전히 뒤바꿀 수 있는 크나큰 깨달음이 되어도 누구에게는 시큰둥한 이야기가 될 수 있다.

결국 자신만의 깨달음을 찾아야 했다.

"말이 쉽지."

카르는 눈을 뜨고 허공을 향해 손을 뻗었다. 공기가 일그러지며 진동하며 카르의 손이 허공으로 빨려들어 갔다.

다시 손을 회수하자 빈손이었던 카르의 손에 책 한 권이 들려 있었다. 카르는 책을 펼쳤다.

책에는 카르에게 마법을 가르쳐 준 노인의 마법 지식이 빼곡히 적혀 있었다. 노인이 아는 마법, 깨달음, 마나에 대한 소견 등, 마법사에게 있어서는 천금과도 같은 책이었다.

하지만 언제부터일까?

책장을 넘기다 보니 점점 내용을 이해하기 힘들어졌다. 두루뭉술한 이야기도 많았고, 이해는 가지만 받아들이기 힘든

이야기도 많았다.

"시작은 마나. 입문은 점. 성숙은 선. 숙달은 면. 이해는 공간."

카르는 자신이 아는 마법의 개념을 정리했다.

"그다음은 뭐지?"

3차원이라고 할 수 있는 공간 다음으로는 도무지 떠오르는 것이 없었다.

카르는 이해가 되지 않는 부분을 제하고 책장을 넘겼다.

"이건 또 무슨 소리야?"

카르는 자신의 눈앞으로 책을 바짝 당기며 어이없다는 표정을 지었다.

큰 것은 때로는 작은 것만 못하다.

이 아리송한 말을 끝으로 책의 다음 부분은 모조리 백지 상태였다.

카르는 머리를 싸매며 이 구절이 의미하는 바를 떠올렸다.

하지만 가만히 앉아서 계속해서 되뇌어도 달리 떠오르는 것은 없었다.

'침착하자. 급히 갈 필요없어. 천천히… 천천히 여유를 가지고 생각하자.'

카르는 노인이 입에 달고 살았던 말을 되짚었다. 급해지지 말고 천천히 여유를 가지라고 하던 말이다.

카르는 급한 마음을 버리고 펜대를 잡았다. 그리고는 종이의 여백에 천천히 글씨를 써 내려갔다. 빈 여백에 자신이 지금까지 배우고 깨달은 것들을 적었다.

마법의 단계는 그 단계의 핵심에 있다. 마나라는 개념, 점, 선, 면, 공간. 그 다음 단계의 핵심을 알아내야 다음 단계로 나아갈 수 있다.

'공간이면… '무' 인가?'

보통 공간이라고 하면 아무것도 없는 무의 공간을 떠올린다. 공기 외에는 아무것도 존재하지 않는, 눈에 보이는 허공 말이다.

아무것도 없는 허공에 무언가를 집어넣는다. 며칠 고민하다 보니 이 정도 개념까지는 접근이 가능했다.

하지만 그다음을 모르겠다. 공간 다음이 어떤 것인지, 어떤 연결 고리가 있는 것인지.

카르는 스르륵 눈을 뜨고 한숨을 푹 내쉬었다.

창밖으로 시선을 돌려보니 어느새 노을이 지고 있었다. 상념이 너무 길어졌다.

'스승님이 오시면 물어봐야겠군.'

카르는 자리에서 일어났다.

*　　*　　*

드워프들은 자신들이 가져온 공구와 재료로 탑을 만들기 시작했다. 가장 먼저 틀을 맞추고 기반을 다지는 일이었다.

장소는 영주성과 조금 떨어진 넓은 평지였다. 예전에 농사를 짓던 땅인데, 어차피 농사도 제대로 되지 않는 땅인지라 이곳에 탑과 아카데미를 만들기로 했다.

카르는 공사 현장을 바라보며 뿌듯한 표정을 지었다. 매일 이렇게 하루에 한 번씩 구경하러 오곤 했다.

"또 왔는가?"

호그루가 수건을 목에 두른 채 다가왔다. 다른 드워프들도 작업을 중단하고 잠시 쉬는 시간을 가졌다.

카르는 시선을 아래로 내려 호그루를 힐끗 훑었다.

"앞으로 자주 올 거다."

"그런가? 걱정할 필요는 없는데."

"걱정은 안 해. 드워프가 지어주는 건축물이 얼마나 뛰어난지는 익히 들어서 알고 있어. 그냥 눈이 심심한 것뿐이야."

"특이한 녀석이군. 보통 다른 의뢰인들은 완공된 다음에나 오지 그전에는 별로 관심을 가지지 않던데."

"남이야. 그보다 크란 왕국에는 어쩐 일이지? 알타인 제국의 건축가라며?"

"알타인 제국 소속의 길드지만, 정확히 국적은 떠돌이다. 크란 왕국에는… 전쟁이 끝난다는 소식을 듣고 허물어진 성벽 보수나 해볼까 싶어 왔다."

대화를 나누던 카르가 놀란 표정을 지었다.

"전쟁이 끝나? 언제?"

"아직 정확히 끝난 건 아니고 휴전 협정에 들어갔다더군. 그 소식을 들은 게 열흘 전쯤이니… 지금쯤 휴전 협정이 끝났을지도 모르겠군."

휴전 협정.

전쟁을 잠시 멈춘다는 일종의 국가 간의 계약이지만, 사실상 전쟁의 끝을 의미했다.

'제길. 이래서 지방 촌구석은……'

영지가 워낙 중앙 정계와 떨어져 있다 보니 이런 소식의 전달이 늦었다. 정보의 뒤처짐은 곧 시대로부터 뒤처지고 세상으로부터 낙후되는 결과를 초래한다.

이 문제에 대해서도 신경을 써야 할 듯싶었다. 당장은 영지를 안정시키고 돈을 벌어 원하는 바를 직접적으로 이루는 데에만 힘썼다. 하지만 그 틀이 잡히기 시작한 지금 이제부터는 정보에 귀를 기울이는 데 힘써야 할 때였다.

물론 지금 당장 당면한 문제는 그게 아니었다. 계획에 차질이 생기기 시작한 것이다.

'하라스 자작가는? 케로나는?'

케로나가 탈출한 지금 그녀가 갈 곳이라고는 하라스 자작가밖에 생각이 되지 않는다. 상황을 보아하니 하라스 자작가 또한 검가에 소속되어 있을 가능성이 컸다.

케로나는 분명 하라스 자작가의 힘을 이용해 영지전을 걸어 올 것이다. 배가 다르다곤 하지만 아들로부터 영지 밖으로 내쳐졌으니 명분은 충분하다. 다행히 카르에게도 명분이 있어

패륜아라는 소리는 듣지 않을 것이다.

페라스 영지에 있어서 당장 방패는 전시라는 상황이었다. 국가 간의 전쟁 중에는 영지전이 금지된다. 명분이 있든 없든 영지 간의 분쟁보다는 국법이 우선시되는 것이다.

하지만 그 방패가 사라졌다. 휴전 협정은 전쟁이 끝나는 것을 의미한다. 하라스 자작가가 페라스 자작가에 영지전을 선포할 수 있게 되는 것이다.

'지금 당장은 곤란한데…….'

사자기사단은 없다. 금룡기사단이 있긴 하지만 그 전력이 사자기사단에 비해서 약하다. 반면, 하라스 자작가는 부유하고 감옥에 갇힌 뿔소기사단을 제외하더라도 기사단 두 대대가 더 있다. 더불어 축적된 자본을 풀어 용병들을 고용할 수도 있다.

여러모로 영지전에서 불리한 것이다. 특히나 기사단의 차이가 컸다.

카르가 지끈거리는 머리를 부여잡으며 고민하고 있을 때였다. 로오나가 허둥지둥 달려왔다.

"영주님, 여기 계셨군요."

카르는 몸을 돌려 로오나에게 물었다.

"무슨 일이야?"

"허먼 백작님에게서 서신이 날아왔습니다. 그런데 그 내용이……."

로오나는 손에 들고 있는 서신을 카르에게 건넸다. 카르는 조심스레 그것을 받아 펼쳤다.

코팅까지 되어 있는 고급스러운 서신을 펼치자 가장 먼저 들어오는 것은 허먼 백작가의 인장이었다.

페라스 자작가와 하라스 자작가는 허먼 백작가의 영향이 미치는 다섯 자작 가문에 속해 있었다. 그리고 다섯 자작 가문끼리의 분란, 혹은 눈에 띄는 교류가 있을 시 이렇게 허먼 백작가로부터 서신이 날아왔다.

조심스레 눈을 굴려가며 서신의 내용을 읽자 카르의 표정이 착 가라앉았다. 주먹을 말아 쥔 카르는 입술을 살짝 깨물었다.

"역시… 이건가."

"영지전입니까?"

카르는 고개를 끄덕였다.

"아무래도 탑 건축은 잠시 멈춰야 할 것 같군."

"그건 또 무슨 소린가? 한참 재미있어지는데."

옆에서 듣고 있던 호그루가 불만 섞인 어투로 대꾸했다. 새로운 건축물에 흥미를 느끼고 한창 재미있게 작업을 하는 도중이다. 작업을 멈춰야 한다는 카르의 말에 호그루는 짜증이 팍 났다.

"어쩔 수 없어. 영지전은 곧 전쟁이야. 타국과의 전쟁에서 우리 페라스 영지가 편안했다면, 전쟁이 끝나 평화로워진 지금 우리 영지는 전시에 들어가야 하지. 그런 상황에 한가로이 건물이나 짓고 있을 수는 없어."

"끙. 복잡한 영지로구먼."

　호그루는 팍 인상을 쓰며 다른 드워프들이 모여 있는 곳으로 걸어갔다. 카르는 그 모습을 잠시 지켜보다가 로오나에게 말했다.

　"영지전 날짜는 앞으로 정확히 한 달 후다. 기사들과 병사들에게 전하고, 무구 판매는 잠시 보류하도록."

　"식량은 사지 않아도 되겠습니까? 만약 있을지 모를 장기전에 식량은 필수일 텐데요."

　"필요없어."

　카르는 손에 쥐고 있던 서신을 구겼다.

　"장기전까지 갈 필요도 없어."

　카르의 머릿속에는 이미 이번 영지전의 한 판이 그려지고 있었다.

＊　　　＊　　　＊

　카르는 영지전 문제로 알베르를 찾았다. 알베르는 먼저 로오나에게서부터 영지전 소식을 전해 들었기에 표정이 좋지 않았다.

　"여기 앉아."

　카르는 맞은편 소파를 가리켰다. 알베르는 짧게 예를 취하고는 맞은편에 가 앉았다.

　다소 딱딱한 분위기에서 카르가 입을 열었다.

　"얘기 들었지?"

“네.”

“어떻게 할지 생각은 해봤어?”

“글쎄요……. 전력에서 열세이니 아무래도 비교적 유리한 수성 쪽으로 가야할 것 같습니다.”

역시나 하는 생각에 카르는 고개를 끄덕였다. 수성이 공성보다 유리하다는 사실은 널리 알려진 상식이다.

“그것 외에는?”

“지금 당장 생각해 둔 것은 없습니다.”

“솔직하네. 그런데 내 생각에는 수성을 해도 지키기는 어려울 것 같거든.”

카르는 손가락으로 작은 쇠막대기를 굴렸다. 알베르의 시선이 말의 모양을 한 쇠막대기로 향했다.

“그건 뭡니까?”

“체스라고 하는 게임의 말이야. 이건 그중에서 나이트라고 하지.”

“나이트……. 기사 말입니까?”

“그래. 체스라는 게임은 정말 재밌어. 작은 게임에서 전쟁의 한판을 볼 수 있지. 한번 둬볼래?”

“전 됐습니다. 규칙도 모르고 게임에는 별로 흥미가 없습니다.”

“그래?”

카르는 씩 웃으며 나이트를 탁자 위에 살포시 올렸다. 탁자 위로 하나의 판이 만들어져 있었다.

"아까 내가 그랬지? 체스는 전쟁의 한 판을 볼 수 있다고. 작지만 영지전 또한 전쟁이지."

"그런데요?"

"이 작은 말들이 병사, 나이트가 기사라고 한다면 이미 우리는 불리한 상황에서 게임을 시작하는 게 돼. 하라스 자작가는 기름진 토지와 거대한 상단으로 많은 자본을 가지고 있지. 그것을 통해서 자작가의 최대 규모인 세 대대의 기사단을 가지고 있고, 용병들을 고용할 수도 있으니까."

의미심장하지만 꽤나 그럴듯한 말에 알베르는 귀를 기울였다. 체스라는 게임에 대해서는 잘 모르지만 카르는 자신보다 전쟁에 대해 잘 아는 느낌이다.

카르는 잠시 알베르의 눈치를 보더니 손을 뻗어 가장 큰 말을 집었다.

"이게 왕이야. 체스는 이 왕을 잡는 게임이고."

알베르의 시선이 킹의 말로 향했다. 손가락으로 빙글 말을 돌리던 카르가 킹을 탁자 위로 떨어뜨렸다.

"전쟁도 똑같아. 공격을 하든 수비를 하든 결국에는 왕을 잡는 쪽이 승자가 되지."

"왕이라면 하라스 자작 말입니까?"

"진짜 국왕을 잡을 수는 없잖아?"

카르는 씩 웃더니 나이트를 집어 알베르 앞으로 내밀었다.

"너와 기사단은 나이트."

카르는 폰을 가리켰다.

“병사들은 폰.”

카르는 떨어뜨렸던 킹을 집었다.

“이게 나.”

“정말 전쟁과 닮은 게임이군요.”

“그래서 내가 이 게임을 좋아하지. 가끔씩 스승님이랑 두곤 했는데… 못 이기겠더라고. 그래도 최근에는 간간이 몇 번 이기긴 했지만.”

카르는 어깨를 으쓱이더니 말했다.

“이번 싸움은 킹과 킹의 싸움이 될 거야.”

“무슨 소립니까?”

“킹은 내가 잡는다. 나이트와 폰은 성을 지키는 방패가 되어야지.”

알베르가 눈을 동그랗게 뜨며 물었다.

“영주님이 나서시겠다고요?”

“킹은 원래 보호받아야 하는 존재지만, 체스와 이번 전쟁의 차이는 여기에 있어. 난 킹이지만 좀 사기적인 킹이거든. 이렇게 좋은 이점을 그냥 썩힐 순 없잖아?”

이번 전쟁에서 유리한 점은 바로 카르와 하라스 자작의 차이였다. 하라스 자작은 문가의 귀족으로 직접적으로 싸울 줄 모른다. 하지만 카르는 마법사에다가 검술도 어느 정도 배워 어지간한 기사보다 강하다.

이 이점을 잘 이용해야 했다. 전략 전술은 곧 자신을 알고 상대를 알며 부족한 부분은 메우고 유리한 부분은 벌리는 데 있다.

　체스도 그렇듯 전쟁 또한 킹을 잡으면 끝난다. 호위가 조금 있겠지만 그 부분은 카르가 알아서 대처할 생각이다.

　'마법을 대놓고 드러낼 수는 없지만……'

　검가라는 세력이 있는 이상 마법을 대놓고 드러낼 수는 없었다. 하지만 들키지 않는 선에서 사용하는 것 정도는 가능하다.

　카르는 알베르의 표정에 드리운 염려를 읽었다. 안심시키고자 카르는 활짝 웃어 보였다.

　"걱정하지 마. 알잖아? 나 마법사야. 마음먹고 도망치면 아무도 나 못 잡을 걸?"

　"그렇습니까?"

　알베르는 주먹을 꽉 쥐었다. 전쟁을 앞두고 주군에게 의지해야 하는 수하의 심정이란 찢어지는 듯 아프다.

　그런 알베르의 심정을 이해 못할 카르가 아니었다. 우직한 성격의 알베르라면 주군에게 기대야 하는 지금의 상황을 무척 죄스러워할 것이 뻔했다.

　카르는 허공에 손을 뻗었다.

　곧 아무것도 없던 카르의 손에 책 한 권이 쥐어졌다.

　"그것도 마법입니까?"

　"비슷한 거지."

　카르는 알베르의 대답에 건성으로 대답하고는 손에 들려 있는 책을 앞으로 내밀었다.

알베르는 의아한 표정으로 책을 받아 가장 첫 부분을 펼치
며 물었다.

"이게 뭡니까?"

"마법사들이 살던 시절, 분석한 검사들의 검로야. 검사들이
오러를 다루는 데 전반적인 상식이나 조언, 약간의 요행 등이
적혀 있어."

"마법사들이 검사들을 위한 책을 만들었단 말입니까?"

"적을 알고 나를 알면 백전백승. 원래는 검사들과 싸우기 위
해 만들어진 책이지만… 결과적으로는 검사들에게 이로운 책
이긴 하지."

알베르는 눈을 반짝이며 책의 가장 첫 부분을 살폈다. 서두
에는 검사들이 사용하는 오러의 개념과 마법사가 사용하는 마
나의 개념 차이가 적혀 있었다.

정신없이 눈을 굴리며 알베르가 책을 읽자, 카르는 그 모습
을 잠시 흐뭇하게 바라보다 말했다.

"가져가서 읽어. 다 읽고 나면 디른 기사들에게도 읽게 하
고. 오늘 부른 용건은 영지전 관련 문제도 있지만 그 책을 줄
생각이었어."

"아, 감사합니다."

알베르는 정말 감격한 표정이었다. 벌떡 일어나 허리를 기
역자로 꺾으며 알베르는 눈을 부르르 떨었다.

카르는 알베르의 행동에 어색하게 웃으며 손을 저었다.

"하지 마. 불편해."

“네.”

카르는 콧등을 긁적이더니 앓는 소리를 내며 말했다.

“끙. 스숭님이 오시면 간단할 텐데…….”

“스승님?”

잠시 의아해하던 알베르는 방금 전 스승과 체스를 두었다던 카르의 말을 떠올렸다. 그러고 보니 카르에게 마법을 가르쳐 준 스승이 있는 것은 어찌 보면 당연한 일이었다.

알베르는 눈을 반짝이며 카르의 스승에 대해 호기심을 보였다. 사실상 그가 삼 년 전까지는 ‘대륙에서 유일한 마법사’였던 셈이니까.

“스승님은 어떤 분이십니까?”

“어떤 분이냐면…….”

카르는 잠시 스승의 얼굴을 떠올리더니 대답했다.

“인자하고 덕 많게 생기셨지. 나이가 몇인지는 본인도 모른다고 하던데, 겉으로 보기에는 한 육십 전후? 늙었다고 하기에는 그렇게 주름이 많은 편도 아니고.”

“생김새 외에 다른 점은요?”

“다른 거?”

카르는 좀 더 고민했다.

어떻게 설명을 해야 스승에 대해 잘 전달할 수 있을까?

겉으로 보면 인자한 노인 그 이상도 이하도 아닌데.

잠시 스승의 특이점을 떠올리던 카르가 손뼉을 짝 마주쳤다.

“아, 그래.”

알베르가 경청할 자세를 가졌다.

카르는 손가락으로 체스 판을 가리켰다.

“아까 체스에 대해서 설명했지?”

“네? 네.”

스승 이야기를 하더니 갑자기 웬 체스 얘기?

의아해하던 알베르에게 카르가 충격적인 말을 던졌다.

“단 하나의 말로 체스 한판을 뒤집을 수 있다면, 그게 바로 내 스승님이 될 거야.”

“단 하나의 말로……?”

알베르는 그 의미를 이해하지 못했다.

선뜻 이해하기에는 카르의 말이 너무나 추상적이었다.

곧 카르가 한마디를 덧붙였다.

“전쟁.”

“……!”

알베르의 눈이 경악에 휩싸였다.

카르는 지금 단 한 명의 존재로 전쟁의 판도가 뒤집힌다 말하고 있다. 수많은 군사도 아니고 한 대대의 기사단도 아니다. 단 한 사람만으로 전쟁이 뒤집힌다.

알베르는 카르의 스승에 대해 막연한 두려움이 들었다. 얼마나 대단한 사람이기에 카르가 이렇게까지 말할까 싶었다.

“일단 기사들에게 그거 다 읽게 하고, 얻는 게 있으면 좋고 없다면 어쩔 수 없지, 뭐. 한 달 동안 너희는 최대한 강해지는

데만 주력해. 수성은 따로 전략을 짜서 가까운 시일 내로 넘겨
주지.”

카르의 말에 알베르가 퍼뜩 정신을 차리며 대답했다.

“알겠습니다. 그럼 전 이만. 방에 가서 이 책을 천천히 읽어
보고 싶네요.”

“그래, 가봐.”

알베르는 자리에서 일어나며 책을 챙겼다. 책을 챙기는 알
베르의 얼굴에 살짝 미소가 드리웠다. 조금은 들뜬 표정이었
다.

카르는 알베르가 일어나자 따라 자리에서 일어났다. 이제부
터는 영지전을 준비해야 할 듯싶었다.

*   *   *

하라스 자작가의 영주성에 일단의 무리가 들어왔다. 전신을
체인 메일로 두르고 고급스러운 장검을 허리에 매고 있는 기
사들이었다.

하라스 자작은 기사들이 도착했다는 소식에 황급히 마중을
나갔다. 평소 꼼꼼하게 챙기던 식사도 대충 넘기고 왔을 정도
로 반가움이 컸다.

“어서 오시게들.”

하라스 자작은 붉은색으로 수놓아진 고급스러운 옷을 바로
하며 인사했다.

"난 하라스 자작이라고 하네. 이렇게들 와주어서 정말 고맙
네."

"황소기사단의 단장 트루먼이라고 합니다. 베그먼 백작님
의 명을 받아 하라스 자작가의 영지전에 힘이 되고자 왔습니
다."

자신을 트루먼이라 밝힌 기사는 살짝 몸을 숙여 정중하게
인사를 받았다. 절도있고 믿음직한 모습에 하라스 자작은 뿌
듯한 표정을 지었다.

"베그먼 백작님께서 정말 큰 도움을 주셨소. 자자, 이럴 것
이 아니라 안으로 들어가세나."

"감사합니다. 먼 길 오느라 피곤했는데, 앞으로 신세 좀 지
겠습니다."

트루먼의 말에 하라스 자작이 몸을 돌렸다. 이미 기사들이
쉴 장소는 마련해 둔 상태다.

숙소로 향하는 하라스 자작의 뒤를 따라가던 트루먼이 갑작
스레 걸음을 멈췄다. 아차 하는 표정으로 드루먼이 입을 열었
다.

"그러고 보니 깜박한 것이 있었군요."

"깜박한 것?"

"이번 영지전에 베그먼 백작님이 기사단을 파견하는 조건
입니다. 사전에 미리 전해드린다는 것이 잊고 있다가 이렇게
제가 가져왔습니다."

"조건이라니?"

하라스 자작은 모르는 일이라는 듯 고개를 갸웃거렸다. 이
내 트루먼이 품에서 곱게 접힌 종이를 꺼내 하라스 자작에게
건넸다.

"읽어보십시오."

하라스 자작은 불안감을 느끼며 종이를 받았다. 펼쳐 읽어
보니 조건이란 다름 아닌 하나의 계약서였다.

조건은 곧 영지전에서 승리했을 시 페라스 영지에서 나오는
철광석의 반이었다. 매달 페라스 영지에서 채광되는 철광석의
반을 베그먼 백작가에 바쳐야 하는 것이다.

계약서를 다 읽은 하라스 자작은 인상을 살짝 찌푸렸다.

"조건이 조금 과하지 않소?"

페라스 영지에서 채광되는 철광석의 양은 상당하다. 토지가
기름지지 못한 대신 그곳의 철광석 채굴량은 크란 왕국 내에
서도 손꼽힌다.

그 막대한 양의 반이라니? 더군다나 영지전에서 승리하면
페라스 영지까지 먹여 살려야 한다. 철광석의 반을 상납하면
남는 게 없다.

"그래서, 거절하시는 것입니까?"

트루먼이 씩 웃으며 계약서를 되받았다. 의미 모를 웃음에
하라스 자작은 불안한 마음을 담아 고개를 저었다.

"그게 아니라 반은 너무 과하다는 것이오. 그렇게 많은 양을
상납하면 남는 게 없소."

"이거 안타깝군요. 저희 주군께서는 나름대로 적절한 선에

서 합의를 보고자 한 것인데… 안 된다면 뭐 페라스 자작가에 찾아가 봐야겠지요.”

트루먼이 몸을 획 돌리며 계약서를 찢으려 하자 다급해진 쪽은 하라스 자작이었다.

“자, 잠깐 기다리게!”

하라스 자작은 떠나려는 트루먼의 어깨를 잡았다. 트루먼은 그럴 줄 알았다는 듯 재빠르게 다시 몸을 돌렸다.

“왜 그러십니까?”

“끙.”

하라스 자작은 이마를 탁 짚었다.

완전히 당했다. 베그먼 백작은 처음부터 이럴 생각으로 자신을 도우겠다고 한 것이다. 애초에 아무런 대가없는 선의를 베푼다 했을 때부터 알아봤어야 한다.

문득 총관의 말을 듣지 않은 것이 후회가 갔다. 총관은 이런 사태를 우려했던 것이다.

이젠 선택지가 달리 없었나. 거질하면 저들은 분명 페라스 자작가에 가서 붙을 것이다. 그렇게 되면 하라스 자작가는 끝이었다.

결국 하라스 자작은 한숨을 푹 내쉬며 입을 열었다.

“알았소. 받아들이지.”

“잘 생각하셨습니다.”

계약서를 찢으려던 트루먼은 웃는 얼굴로 하라스 자작에게 다시 계약서를 건넸다. 하라스 자작은 이를 악물며 떨리는 손으로 계약서를 받았다.

"따라오게."

하라스 자작은 휙 몸을 돌렸다. 더 이상 저들에게 친절하게 대해줘야 할 필요성을 느끼질 못했다.

"아직 남은 게 있습니다."

트루먼의 말에 하라스 자작은 고개를 돌려 신경질적으로 물었다.

"이번엔 또 뭔가?"

하라스 자작은 또다시 트루먼이 자신에게 좋지 못한 소식을 전할까 두려운 마음이 들었다. 방금 전 계약서 하나로 페라스 영지에서 얻어낼 수 있는 이권을 전부 토해냈다. 더 이상 줄 건 없었다.

트루먼은 대답 대신 기사들 사이에서 한 사람을 짚어 가리켰다. 그러자 그가 하라스 자작 앞으로 다가왔다.

"누구지?"

조급한 마음에 하라스 자작이 물었다. 트루먼이 눈짓하자 그는 입가에 희미하게 미소를 지으며 인사했다.

"반갑습니다. 예외적으로 황소기사단과 함께 오게 된 파거슨이라고 합니다."

파거슨이 하라스 자작에게 손을 내밀었다.

하라스 자작은 찝찝한 눈으로 파거슨을 잠시 바라보더니 손을 잡았다.

"반갑네. 그런데… 자네는 기사단 소속이 아닌가?"

"그렇게 됐습니다. 소속은 굳이 따지자면 자유기사라고 해 두죠."

파거슨이 만면에 사람 좋은 미소를 띠며 말했다. 하지만 자유기사라는 소개에 하라스 자작은 불신 어린 표정을 지었다.

하라스 자작은 트루먼에게 시선을 주었다. 트루먼은 어깨를 으쓱이며 하라스 자작의 시선을 회피했다.

곧 파거슨이 물었다.

"그런데 잠시 개인행동을 해도 되겠습니까?"

"상관은 없네만, 우리에게 피해만 주지 않는다면 얼마든지."

"피해는 없을 겁니다. 오히려 도움이 되면 되었지."

"그래? 어떤 일인지 물어봐도 되나?"

하라스 자작이 살짝 궁금해하며 묻자, 파거슨은 나긋나긋하면서도 확고한 음성으로 대답했다.

"페라스 자작령을 뒤집어놓겠습니다."

＊　　　＊　　　＊

페라스 영지의 외성은 꽤나 견고한 편이었다. 나무로 만들어진 성벽에 철을 덧씌운 성문은 어지간한 충격에도 끄떡없을 정도였다.

지금 외성에는 세 명의 기사가 대기하고 있었다. 평소에는 경비대장으로 한 명의 기사가 와 있는 곳이나 인원을 늘린 것은 곧 영지전을 해야 한다는 이유였다. 혹시 첩자라도 들어올지 모르니까.

카르는 크루먼과 함께 외성으로 향했다. 이번 영지전은 외성을 지키는 싸움이 될 것이다. 중요한 격전지인만큼 미리 확인하고 봐둘 필요가 있었다.

따로 말은 끌고 가지 않았다. 어차피 외성으로 가는 길, 영지 순찰도 겸할 생각이었다.

외성으로 향하던 도중 카르는 영지민들의 얼굴과 행색을 살폈다. 뼈밖에 없던 얼굴에 살이 붙었고, 초상집 분위기였던 영지에 생기가 돌았다. 옷은 여전히 허름했지만 그거야 아직 개선하지 못한 부분이었다.

"구휼미를 푼 것이 효과가 있군요."

로오나는 카르의 옆을 걸으며 뿌듯하게 미소를 지었다. 역시나 영지민들에게 가장 힘들었던 부분이 바로 굶주림이었나 보다. 구휼미를 풀어 배고픔을 해결해 주니 영지가 한결 밝아졌다.

카르 역시 로오나와 마찬가지로 옅게 웃었다.

"덕분에 영지 자금은 바싹 말랐지만."

"마틴이 고생입니다. 무구 판매가 이루어지는 대로 보너스라도 넉넉히 챙겨주세요."

"무구 판매해서 번 돈은 탑 건설하는 데 들어갈걸? 뭐, 그래도 로오나 말대로 조금이라도 챙겨주긴 해야겠지."

마틴의 고생을 카르 역시 모르지는 않았다. 아담으로 만든 무구를 팔아 돈에 어느 정도 여유가 생길까 싶었는데 영지전으로 인해 그도 무산되었다. 아마 지금 당장 가장 고생스러운 사람이 바로 마틴일 것이다.

조금 걷다 보니 외성에 가까이 도착했다. 외성에서 기사 한 명이 마중 나왔다.

"오셨습니까?"

기사는 금룡기사단의 부단장 렉스였다. 렉스는 단장인 알베르와는 반대로 밝고 쾌활한 성격이었다.

카르는 렉스가 나오자 고개를 두리번거렸다. 이곳에서 만나기로 한 이들이 보이질 않았다.

"드워프들은?"

"위에 있습니다. 갑자기 찾아와서 다짜고짜 눌러앉았는데, 영주님이 오라고 하신 겁니까?"

"그래. 도움 받을 게 있어서."

카르는 그렇게 대답하고는 외성으로 걸음을 옮겼다. 외성 안으로 들어가니 병사 몇과 기사 넷이 보초를 서고 드워프 십여 명이 드러누워 있었다.

카르는 기사들의 인사를 받으며 드워프들에게 다가갔다. 카르는 그중 호그루에게 말했다.

"일어나."

발로 툭툭 건드리자 코를 골던 호그루가 입맛을 다셨다. 카르는 그 모습에 한숨을 푹 쉬며 호그루의 큰 귀에 입을 가까이 가져갔다.

“왁!”

“흐억!”

카르가 꽥 소리를 지르자 자고 있던 호그루가 화들짝 놀라 일어났다. 일어나자마자 잠시 주위를 두리번거리던 호그루는 곧 카르를 발견하고는 가슴을 쓸어내렸다.

“뭐야, 자네였나?”

“성문 수리해 달라고 불렀더니 여기서 단체로 나자빠져 자고 있어?”

“바람도 솔솔 잘 불고, 날씨도 좋고, 시간도 비고. 낮잠 자는 데 이보다 더 좋을 수가 없지 않나?”

“거지도 아니고 아무 데서나 자는 거 아니야.”

카르는 호그루에게 살짝 면박을 주고는 포보스에게 시선을 주었다.

“성문 상태는 어때?”

“그럭저럭 괜찮습니다만……. 혹시 드워프들에게 성문 수리를 맡기실 생각입니까?”

카르가 고개를 끄덕이는 것으로 대답을 대신했다. 그러자 듣고 있던 로오나가 넌지시 물었다.

“돈은요?”

“후불.”

“…마틴이 불쌍합니다.”

“알아서 잘 하겠지.”

호그루가 흐흐 웃으며 말했다.

"원래라면 후불을 해줄 생각이 없었는데, 이곳 영지가 넘어가면 탑을 건설하지 못할 것 아닌가. 오래간만에 새로운 건축물을 만들 수 있는 기회인데 이 좋은 기회를 버릴 순 없지."

"그런 연유로? 어때, 네가 보기에 성문 상태는? 포보스는 괜찮다고 하는데."

카르가 묻자 호그루의 표정이 썩어갔다.

잔뜩 인상을 구기며 호그루가 자리를 털고 일어났다.

"괜찮다고 한 놈 눈알 파버려."

"영 별로인가 보네."

"겉으로만 멀쩡하지 실속은 없어. 철판에 나무를 덧씌운 성문인데, 철판은 갈지 않고 나무만 계속해서 간 탓에 철판에 녹이 많이 슬었어. 철판도 얇디얇아서 몇 대 쾅쾅 치면 무너지겠더군."

설명을 들은 카르는 덤덤히 고개를 끄덕였다.

"돈 엄청 깨지겠네."

"어떻게 하실 겁니까?"

크루먼이 옆에서 묻자 카르는 어깨를 으쓱였다.

"후불. 철은 여기서 공급하지. 무구를 만드느라 대부분 써버렸지만, 그 뒤로 철판 하나 만들 정도는 채광이 끝났을 거다."

카르가 그렇게 말하며 종이를 내밀었다. 가격을 조정해 계약서를 작성할 때였다.

펜을 꺼내어 가격을 적을 공간에 손을 가져가자 호그루가 자신이 생각하는 가격을 말했다.

"50골드 정도로 하지."

"그거밖에 안 해?"

예상보다 가격이 저렴해 카르가 놀란 표정을 지었다. 호그루는 고개를 설레설레 저으며 말했다.

"나도 그 재정관이 불쌍하다."

"…그런가?"

카르는 머리를 벅벅 긁으며 어색하게 웃었다.

이것으로 8만 50골드.

카르가 드워프들에게 진 빚이었다.

*   *   *

카르가 막 외성으로 출발했을 즈음.

영주성의 지하 감옥에서 외마디 신음이 흘러나왔다.

"끄윽."

그리 작지 않은 신음, 혹은 비명 소리.

감옥을 지키던 보초가 차가운 바닥에 풀썩 쓰러졌다.

바닥에 흐르는 피를 보며 파거슨이 중얼거렸다.

"통과."

파거슨은 계단을 통해 지하 감옥으로 내려갔다. 보초가 가지고 있던 열쇠 꾸러미는 시체 품을 뒤져 챙겨 놓았다. 교대 시간도 알아두었으니 앞으로 몇 시간은 아무도 찾지 않을 것이다.

무엇보다 골칫거리인 영주가 영주성에 없었다. 볼일이 있어 나갔으니 한동안은 안심이었다.

가벼운 발걸음으로 지하 감옥으로 내려가니 음습하고 칙칙한 공간이다. 좌우로는 죄인들을 가둔 철창이 조밀하게 씌워져 있었다.

파거슨은 철창 사이로 드러난 죄인들을 하나씩 둘러보더니 한 철창 앞에서 멈췄다.

"반갑습니다, 모라스님."

철창 안에서 죄인 한 명이 스륵 고개를 들었다.

생기없는 얼굴로 고개를 들어 올린 모라스는 파거슨을 발견하고는 놀란 표정을 지었다.

"너… 어떻게……?"

"구원의 손길이라고 할까요. 꺼내드리죠."

의외지만 희소식이었다. 모라스는 자리에서 벌떡 일어나 철창 가까이 다가왔다.

"어떻게 말이냐?"

"뭐, 원래대로라면 그냥 꺼내드려야겠지만……."

파거슨은 말끝을 흐리며 허리춤에 매어진 검을 뽑았다.

"그러면 의미가 없지요."

"의미? 무슨 의미?"

"재미."

"재미?"

"여홍이거든요. 검가에서 일하면 임무가 주어진 동안 너무 제약이 심해서 이렇게 임무가 없는 공백 기간 동안은 제 마음대로 움직일 수 있는 겁니다."

"단순히 재미있어서 이런 일을 하는 거냐?"

"그렇게 되는군요. 아무래도 최근에는 페라스 자작가와 하라스 자작가의 일이 가장 재미있어 보여서요. 특히나 영지전을 준비하던 그 와중에 뿔소기사단의 탈출. 얼마나 재미있는 그림입니까? 킥킥."

파거슨은 평소의 그답지 않게 괴상하게 웃었다. 정말 재미있다는 듯한 그 웃음은 언뜻 섬뜩하기도 했다.

모라스는 질린다는 눈으로 파거슨을 바라봤다. 그렇게 한참을 웃던 파거슨은 웃음 때문에 찔끔 흘러내린 눈물을 닦으며 말했다.

"아, 죄송합니다. 상상만으로도 재밌어서. 아무튼 그런 관계로 당신들은 지금 당장 탈출해서 최대한 난동을 부려주셨으면 합니다. 되도록이면 하라스 자작령까지 도망쳐 주시고요."

"당연히 그래야겠지만… 기분 나쁘군."

"그건 그것대로 재미있군요."

파거슨은 검을 철창 안으로 밀어 넣었다.

"알아서 철창을 자르고 나오십시오. 자력으로 잘라 드릴 수도 있지만, 고생 끝에 낙이 있다지 않습니까?"

"잠깐!"

몸을 돌리는 파거슨을 모라스가 멈춰 세웠다.

"넌 영주의 그 이상한 능력에 대해 알고 있나?"

모라스는 불안했다.

또다시 카르가 저번처럼 그 이상한 힘을 사용하면 아무리 탈출을 하더라도 소용없는 짓이다. 움직이질 못하니 탈출 자체가 의미가 없어진다.

다행히 파거슨은 고개를 끄덕였다. 그리고 모라스를 안심시키고자 말했다.

"영주는 더 이상 그 힘을 쓸 수 없을 겁니다. 아티팩트라고, 희대의 보물을 가지고 있더군요. 뭐, 지금은 수중에 없지만."

"그게… 정말이냐?"

"네. 정말입니다. 안심이 되십니까?"

모라스는 굳이 대답하지 않았지만 그 말대로 안심이 되었다. 더 이상 그런 해괴한 힘은 없을 거라니 말이다.

파거슨은 그 말을 끝으로 유유히 감옥을 나섰다.

모라스는 그 뒷모습을 바라보며 이를 뿌득 갈았다.

이내 파거슨의 모습이 시야에서 사라지자 모라스의 시선이 파거슨이 밀어 넣은 검으로 향했다.

모라스는 손을 뻗어 검을 잡았다. 손에 착 감기고, 어두운 감옥 안에서는 은은한 빛을 뿜는 것이 상당히 좋은 검 같았다.

"단장님, 그게 뭡니까?"

대화를 듣고 있던 기사 한 명이 뒤에서 물었다. 파거슨은 차분하게 마음을 가라앉히며 대답했다.

"검이다."

"그 녀석, 미친놈 같긴 하지만 좋은 걸 주고 갔군요."

"그래. 일단 감사해야지."

모라스는 잠시 눈을 감더니 집중했다.

검에 온 신경을 집중하고 오러를 불어넣었다. 그러자 검에서 은은한 빛이 흘러나왔다.

스스스—

오러였다.

알베르나 파거슨처럼 선명하진 않지만 분명 오러였다. 미흡하지만 모라스 역시 오러를 사용할 줄 아는 실력자였다.

모라스는 검을 철장을 향해 가져갔다. 날카로운 검과 오러가 있다면 저 철창도 잘라낼 수 있었다.

서걱— 서걱—

보초 한 명 없는 감옥에 기분 나쁜 쇠 긁히는 소리가 퍼졌다. 그렇게 모라스는 오러가 맺힌 검으로 철창을 반복적으로 잘라냈다.

텅그렁—

쇳소리는 한 번 바닥에서 크게 울리더니 조용히 바닥을 굴렀다. 그렇게 반복적으로 두 가지 소리가 감옥 안에 메아리쳤다.

"다 됐다."

모라스를 선두로 하나둘 감옥 안에 있던 기사들이 밖으로 나왔다. 모라스는 철창 밖으로 나오자 목을 좌우로 꺾으며 굳은 몸을 풀었다.

"제길. 이게 무슨 꼴이람."

모라스는 자신의 복장을 살피고는 눈살을 찌푸렸다. 잠시 투덜거리던 모라스는 곧 손에 들고 있는 검으로 다른 철창도 잘라내기 시작했다.

파거슨은 다 큰 남자 한 명이 나올 정도로 다른 철창을 검으로 잘라냈다. 여전히 검에는 작은 아지랑이가 스멀거리고 있었다.

다른 기사들은 숨을 죽이며 그 모습을 지켜봤다. 감옥 안에는 철창을 잘라 내고 기사들이 밖으로 철창 밖으로 나오는 소리만이 났다.

곧 기사들이 모두 철창 밖으로 나왔다. 철창을 잘라낸 모라스는 기사들을 하나둘 둘러보더니 말했다.

"다 있군."

모라스는 자신이 들고 있는 검을 바라봤다.

그리곤 어금니를 으득 물었다.

"파거슨 그 녀석……."

처음에는 파거슨에게 묘한 배신감이 있었다. 케로나를 포함해 한편이라 생각했는데 혼자 도망쳤기 때문이다.

헌데 이렇게 돌아와 자신들을 구해줬다. 하지만 이상하게도 고마운 마음이 전혀 들지 않았다.

이 모든 것이 단순한 여흥이라고?

그런 미친놈은 살다 살다 처음 본다. 킥킥거리며 광소를 짓던 파거슨의 모습이 아직까지 머릿속에 선명하게 남아 있다.

위험한 놈이다.

하지만 이 순간만큼은 억지로나마 고마워한다.

파거슨이 어떤 녀석이고, 의도가 어떻고, 목적이 어떻든 간에 자신들을 구해준 것만은 사실이니까.

모라스는 장검을 꽉 움켜쥐고는 말했다.

"지금부터 우린 무기 창고를 공격한다."

모라스는 장검을 높게 들었다.

"가자!"

*   *   *

영주성의 무기 창고에서 각자 무기를 한 자루씩 훔쳐 낸 뿔소기사단은 본격적으로 영주성 내를 활보하기 시작했다. 어차피 인원이 많아서 눈에 띄지 않고 움직이기는 힘들었다. 그렇다면 페라스 자작가의 기사들에게 발각되기 전까지 무언가 수를 써야 했다.

모라스는 머리를 굴렸다.

'이대로 영주를 잡으러 갈까?

영주를 인질로 잡는 것만큼 좋은 것도 없다. 하지만 생각하고 보니 갈등이 일었다. 자신을 포함한 기사단을 단숨에 제압한 카르의 모습이 떠올랐다.

하지만 이내 결심이 섰다. 파거슨에게 들은 정보 때문이다. 그 당시 카르에게는 아티팩트라는 보물이 있었지만, 지금은 가지고 있지 않다고 했다. 파거슨이 적인지 아군인지는 아직 잘 모르나 자신들을 도와준 것을 보면 최소한 적은 아니리라 판단했다. 그러니 일단 믿어보기로 했다.

모라스는 기사들을 데리고 집무실로 향했다. 이 시간이면 분명 집무실에 카르가 있으리라 생각했다.

"꺄악!"

집무실로 가는 길, 시녀 한 명이 모라스와 기사들을 발견하고는 비명을 질렀다. 허름한 옷에 병장기를 들고 있는 기사들을 보니 당연히 겁이 날 수밖에 없었으리라. 모라스는 눈을 부릅뜨며 시녀를 노려봤다. 시녀는 겁에 질려 입을 막으며 반대편으로 도망갔다. 굳이 잡지는 않았다.

모라스의 목표는 카르였다. 시녀든 병사든 누구에게 발견되어도 상관없다. 금룡기사단이 도착하기 전에 카르만 생포하면 카르를 인질 삼아 하라스 자작가로 복귀할 수 있었다.

"서둘러라!"

모라스가 달리기 시작했다. 시녀에게 들키고 나니 조급한 마음이 들었다.

곧 집무실에 도착했다. 모라스는 다짜고짜 집무실 문을 열었다.

쾅—!

집무실의 문을 열고 들어가자, 텅 빈 집무실의 내부가 눈에 들어왔다. 카르가 없었다.

"이런!"

낭패였다.

카르를 잡지 못하면 계획이 틀어진다. 카르를 인질로 잡을 생각에 보는 눈을 무시하고 바로 왔는데 있어야 할 자리에 그가 없었다.

그때, 모라스의 눈에 한 명의 사람이 들어왔다.

마틴이었다.

마틴은 집무실 책상 위에 정리한 서류를 올려놓기 위해 찾아오는 중이었다. 하지만 곧 모라스와 기사들을 발견하고는 표정이 하얗게 질렸다.

"다, 당신들은……."

천천히 뒷걸음질치는 마틴을 보며 모라스의 머리가 빠르게 돌아갔다.

그리고 입이 열렸다.

"잡아!"

모라스가 마틴을 가리키며 말하자 기사들이 빠르게 움직였다. 마틴은 황급히 도망치고자 했지만 공부만 해온 그가 기사들에게서 도망칠 수 있을 리 없었다.

곧 기사들이 마틴을 끌고 왔다. 기사 한 명이 마틴의 양쪽 팔을 꺾어서 움직이지 못하도록 제압했다.

"제길!"

마틴이 불안한 표정으로 낮게 욕설을 내뱉었다. 분명 감옥에 갇혔다 들었는데 갑자기 이들이 왜 여기 있단 말인가?

마틴의 욕설을 무시하고 모라스가 말했다.

“이 녀석을 인질로 삼는다. 우린 이대로 하라스 자작가로 돌아간다.”

“알겠습니다.”

모라스가 앞장 서 영주성 밖으로 나왔다. 중간중간에 보이는 시녀들 몇 명이 있어 인질로 잡았다.

그렇게 곧장 영주성 밖으로 나와 정원에 도착했을 때였다.

알베르를 앞으로 금룡기사단이 모라스의 앞을 가로막았다.

하긴, 보는 눈이 많았는데 눈치채지 못한다면 그게 더 이상한 일이다.

알베르를 보며 모라스는 그럴 줄 알았다는 듯이 느긋한 어조로 물었다.

“이제 왔나?”

알베르는 모라스의 인사를 무시하고는 인질로 잡혀 있는 마틴과 시녀들을 바라봤다. 이를 뿌득 갈며 알베르는 시선을 옮겨 모라스를 노려봤다.

“인질들을 풀어줘라.”

모라스는 비웃음을 지었다.

“내가 왜 그래야 하지?”

“민간인이다. 기사도를 따라라.”

“기사도는 검으로 말하는 것이지 짧은 혀를 놀리는 것이 아니야.”

모라스의 말에 알베르는 천천히 검을 뽑았다. 그러자 기사들이 각자 잡고 있던 인질들에게 검을 겨누었다.

이렇게 되면 갈등되는 사람은 알베르였다. 어떻게 저들이 감옥에서 나왔는지는 모르나, 결코 풀어줘서는 안 되는 자들이다. 하지만 그렇다고 인질을 무시할 수도 없다.

알베르가 말없이 검을 겨누고 있자 모라스가 날카로운 어조로 말했다.

"비켜."

알베르는 잠시 금룡기사단을 흘겨봤다.

잠시라도 시간을 벌어야 했다. 최소한 카르에게 지금의 상황을 알릴 시간 정도는 필요했다.

알베르는 기사 한 명에게 살짝 눈짓을 보냈다. 기사는 그 눈짓의 의미를 이해하고는 고개를 끄덕였다.

곧 그 기사가 슬그머니 빠졌다. 그걸 확인한 알베르가 모라스에게 말했다.

"승부를 내자."

모라스가 피식 비웃음을 지었다.

"호승심이 강한 녀석은 아닌 것으로 아는데. 시간을 끌어보자는 건가?"

"그런 핑계로 도망칠 셈인가? 같은 기사로서 부끄럽군. 기사라면, 검에 부끄럽지 않다면 최소한 일 합이라도 검을 나누고 가라!"

모라스가 혹한 표정을 지었다.

"일 합이라……"

일 합. 그 정도라면 시간을 길게 끌 이유도 없었다.

알베르는 자기 나름대로 어떻게든 시간을 벌어볼 작정이었
다. 기사는 외성에 있는 카르에게 갔다. 카르라면 분명 무언가
수를 내줄 것이다.

'시간을 번다.'

조금이라도 더 고민을 해주었으면 했지만, 모라스의 고민은
길지 않았다.

"모두 자리를 만들어라! 이 녀석과 일 합만 나누고 가도록
하지."

모라스의 단점 중 하나인 지나친 호기였다. 상황 재지 않고
무작정 달려드는 모라스의 성격은 기사단 내에서도 유명했다.

기사들은 잠시 멈칫했다. 상황이 그리 좋지 못했다.

하지만 모라스가 한번 호기를 드러낸 이상 멈추지 않을 것
이다. 이렇게 된 이상, 빠르게 일 합을 끝내고 움직이는 편이
나았다.

뿔소기사단과 금룡기사단이 각자 뒤로 물러서며 자리를 만
들었다. 둥그런 공간이 만들어지자 알베르와 모라스는 그 중
앙에 섰다.

고작 일 합의 시합이다.

두 사람은 서로 일 합에 모든 것을 걸어 상대를 눌러놓을 생
각이었다.

"시작하지."

모라스가 검에서 아지랑이를 뿜었다.

미약하지만 분명 오러였다. 알베르는 모라스가 오러를 사용

하는 것을 처음 보기에 살짝 놀란 표정을 지었다.

하지만 곧 알베르 역시 검에서 오러를 뽑아냈다. 알베르의 오러는 모라스의 오러와는 달리 선명하고 빛이 났다. 겉으로 보기에도 확연히 그 차이가 느껴졌다.

"간다!"

겁도 없이 모라스가 먼저 달려들었다. 그 역시 오러의 열세는 미리 계산해 둔 후였다. 검술 실력으로 부족한 오러의 위력을 만회할 생각이었다.

스캉—!

알베르의 몸이 튀어 나가더니 곧 모라스와 검이 섞였다.

"큭."

모라스는 어깨에 작은 검상을 입고는 침음성을 흘렸다. 상처가 그리 크진 않으나 자존심이 상했다.

단 일 합의 승부였지만, 졌다.

"엑스퍼트 상급……?"

오러에서 느껴지는 기세나 검술의 수준.

중급의 엑스퍼트가 아니었다. 중급의 엑스퍼트였다면 단 한 수에서 이렇게까지 자신이 손해를 볼 리 없었다.

일전에도 모라스는 알베르의 상대가 아니었다. 얼마 전까지 모라스는 알베르에게 한 수 처지는 수준이었다.

하지만 이제는 아니었다.

한 수 정도가 아니다. 명백한 하수와 고수의 차이. 한 수 정도는 요행으로 메울 수 있는 간격이지만, 이제 모라스와 알베르에게는 요행으로 메울 수 없을 만큼의 간격이 벌어졌다.

알베르는 검을 집어넣으며 말했다.

"형편없군."

모라스가 이를 악물었다.

이번에도 그는 또 패했다.

*   *   *

알베르가 모라스를 붙잡고 있는 사이, 기사 한 명이 카르를 찾았다. 어차피 영지 밖으로 나가려면 외성을 통과해야 할 터였다.

"뭐?"

카르는 갑작스럽게 전해 받은 소식에 당황스러움을 감추지 못했다. 알베르가 기사를 통해 한 가지 소식을 보내왔다.

"감옥에 투옥했던 뿔소기사단이 탈출했습니다. 재정관과 시녀들을 인질로 삼아 현재 이곳으로 오고 있습니다."

"어떻게……?"

카르는 당황해하면서도 수많은 가능성을 떠올렸다.

감옥에 가둘 때 소지하고 있는 것들은 다 빼앗았다. 빠져나올 가능성은 없다고 생각했다.

하지만 한 가지, 카르가 빼놓은 가능성이 하나 있었다.

"파거슨……."

하라스 자작가는 검가와 연관이 되어 있다. 파거슨이 돌아와 모라스를 도와준다 해도 이상할 것이 없었다.

카르는 머리를 탁 짚으며 외성 위에서 영지 안을 내려다봤다. 멀리 허름한 행색에 무기를 들고 있는 일단의 무리가 보였다.

모라스와 뿔소기사단이었다.

카르는 이를 악물었다.

인질로 잡혀 있는 마틴과 로오나의 존재 때문이다. 저들만 없다면 탈출을 해도 다시 잡을 수 있을 텐데.

'마법으로 어떻게 되려나?'

마법은 검술과는 다르게 수많은 가능성을 열어두는 학문이다. 하지만 그 가능성은 무한하지 않다.

카르는 자신이 알고 있는 모든 마법을 떠올렸다. 지금의 상황에서 써먹을 수 있는 마법. 하지만 지금 카르의 수준에서는 기사단을 쓰러뜨릴 수는 있어도 인질들을 구할 수는 없었다.

하다못해 마법진을 미리 준비해 놓았다면 몰라도 말이다. 이전에도 그 방법으로 기사들을 단체로 속박할 수 있었다.

하지만 지금은 상황이 여의치 않았다. 마법진을 준비하기 위해서는 꽤나 긴 시간이 필요했다.

결국 모라스가 외성 가까이 도착했을 때까지 방법을 찾지 못했다. 알베르가 시간을 끌어준 덕분에 생각보다 늦게 오긴 했지만, 마법진을 준비하기에는 턱없이 부족한 시간이었다.

"문을 열어라."

카르는 이를 악물었다.

"인질들을 풀어줘라. 문을 여는 건 그 후다."

카르의 대답에 모라스는 인질들을 써먹을 수 있다는 것을 알았다.

모라스는 비릿하게 미소를 머금으며 대꾸했다.

"인질들을 풀어주는 건 우리가 하라스 자작령에 도착했을 때다."

"일방적이군."

"상황이 그렇게 됐다. 어떻게 할 텐가?"

모라스는 그렇게 물으며 마틴의 목에 검을 바짝 들이댔다. 날카로운 검날이 목 언저리에 닿자 마틴은 침을 꿀꺽 삼켰다.

카르는 그 모습을 초조하게 지켜봤다. 선뜻 결정을 내리지 못했다. 분주하게 시선을 굴리며 상황을 해결할 방법을 강구했다.

하지만 방법이 없었다.

카르는 이를 악물며 입을 열었다.

"협상이라는 것을 모르는 건가?"

"지금 상황이 누가 더 유리하다고 생각하지?"

모라스의 물음에 카르는 뻔뻔한 얼굴로 손가락으로 자신을 가리켰다.

"나!"

어이없어하는 모라스에게 카르가 부연 설명을 덧붙였다.

"너야말로 지금 네가 밟고 있는 땅이 누구의 영지라고 생각하는 거지?"

“네 영지지. 그리고 이 녀석들은 네 수하들이고.”

“그래, 그들 모두 나에게 소중한 수하이고 식솔들이지. 그래서 더욱 너에게 화가 나는 것이고. 하지만 영주인 나를 인질로 잡고 있는 것도 아니고, 고작 재정관과 시녀들을 인질로 잡아 뭘 어쩌겠다는 거지?”

재정관과 시녀들.

확실히 중요한 사람이긴 하지만 대체할 사람은 널리고 널렸다. 시녀는 돈을 주고 고용하면 되는 것이고, 재정관은 행정학과를 졸업한 아카데미생 중 한 명을 고용하면 된다.

그렇기에 사실상 재정관과 시녀들은 인질로서의 가치가 없었다. 모라스 역시 그 사실을 모르지 않았다.

일반적인 경우라면 말이다.

“그래서, 네 말은 이들이 어떻게 되든 상관없다는 건가?”

모라스는 그렇게 물으며 카르와 마틴을 번갈아봤다.

마틴은 분한 표정으로 이를 갈고 있었다. 마음 같아선 자신은 상관하지 말라고 소리치고 싶었다. 하지만 목에 들어온 칼이 있기에 차마 겁이 나서 소리치지 못했다.

로오나는 초조한 표정으로 마틴을 바라봤다. 아들의 목에 칼이 들어와 있다. 당연히 불안할 수밖에 없었다.

‘미치겠군.’

모라스의 입장은 이해가 갔다. 어차피 상황이 이리 된 것, 이판사판일 것이다. 인질의 목숨이 상관없다고 허세를 부렸다간 모라스의 성격상 팔 하나쯤은 베어버릴지도 몰랐다.

그렇다고도 아니라고도 대답하기 어려운 상황.

카르가 이러지도 저러지도 못하고 있자, 모라스가 카르의 초조함을 눈치채고 말했다.

"열을 세겠다."

모라스가 양손을 쫙 펼쳤다.

"열."

그리곤 손가락 하나를 접으며 말했다.

"아홉."

모라스는 마틴의 목숨, 그리고 카르의 결정을 가지고 카운트다운을 하고 있었다. 저 손가락이 모두 접히기 전까지는 결정을 내려야 한다.

인질을 버리고 뿔소기사단을 잡을 것이냐,

인질을 살리고 뿔소기사단을 보낼 것이냐.

다른 영주였다면 다르겠지만, 카르에게 있어서 대답은 뻔했다.

"알겠다."

카르가 체념 어린 표정으로 한숨을 푹 쉬자 하나씩 접던 모라스의 손가락이 멈췄다.

모라스는 씩 웃으며 말했다.

"진작 그렇게 나왔어야지."

카르는 이를 바득 갈며 병사들에게 말했다.

"성문을……."

그때였다.

갑작스레 카르의 눈이 동그랗게 떠졌다.

그리고 입가에 미소가 그려졌다.

갑자기 가능성이 수면 위로 떠올랐다.

"뭐지? 빨리 성문을 열어!"

카르의 미소를 본 모라스가 불안한 느낌에 다급히 말했다. 이 상황에서 웃다니, 뭔가 있다는 생각밖에 들지 않았다.

모라스가 마틴의 목에 검을 더 바짝 들이대자 카르가 다급히 말했다.

"알았다. 문을 열어라."

카르의 명령에 병사들이 잠시 주춤했다. 그들은 이 상황이 이해가 가지 않으면서도 문을 열면 안 된다는 사실 정도는 대략 인지하고 있었다.

하지만 그렇다고 명령을 듣지 않을 수도 없었다. 잠시 후 병사들이 외성의 문을 열기 시작했다.

드르륵―

요란한 소리와 함께 외성의 문이 열렸다. 모라스는 열리는 문을 보며 회심의 미소를 지었다.

'드디어……!'

하라스 자작령으로 돌아갈 수 있다는 사실에 모라스는 격동되어 몸을 부르르 떨었다. 카르에게 중요한 사람을 인질로 데려가는 셈이니 꼴사납게 감옥에 갇혔던 사실 정도는 잊어도 되리라.

그렇게 모라스가 페라스 영지를 빠져나가려 한 걸음을 내디

딜 할 때였다.

"어라?"

모라스는 내딛던 걸음을 멈추고 의문 어린 표정을 지었다. 그리고 이내 그 표정은 혼란으로, 그리고 두려움으로 바뀌었다.

이상하다.

몸이 움직이지 않았다.

꼭 예전처럼 말이다.

"이건 또 어떻게 된 일이야!"

모라스가 소리를 버럭 질렀다. 예전과 같다고 생각했는데 조금은 달랐다. 예전과는 달리 말은 할 수 있었다.

눈동자를 위로 올려 카르를 노려보니 카르는 입가에 진한 미소를 짓고 있었다.

또다시 저 녀석이 벌인 짓일까?

하지만 파거슨은 카르가 더 이상 아티팩트를 가지고 있지 않다고, 저번과 같은 힘은 더 이상 쓸 수 없다고 했다.

혹시 파거슨이 거짓말을 한 것은 아닐까 하는 의문에 모라스는 혼란을 느꼈다.

카르는 외성 아래로 내려오며 말했다.

"타이밍 좋습니다."

카르는 능글맞게 웃으며 외성 바깥을 바라봤다.

모라스의 시선 역시 정면의 외성 바깥으로 향했다.

누군가 문을 통과해 자신에게 다가오고 있었다.

“이게 무슨 소란이냐?”

심금을 울리는 부드러운 노인의 목소리. 하지만 듣고 있자니 두려움이 드는 목소리였다. 모라스가 느끼기엔 그러했다.

카르는 외성 아래로 내려와 목소리의 주인을 맞았다.

“좀 불미스러운 일이 있어서요.”

카르는 노인을 맞으며 머리를 긁적였다. 처음 보이는 자신의 집이 이런 험한 모습일 거라고는 생각지 못했다.

노인은 얼굴에 잔주름이 지고 후드를 살짝 걸치고 있었다.

모라스와 카르를 번갈아보던 노인이 말했다.

“오자마자 하는 일이 이거라니, 앞으로 고생문이 훤하군. 그런데 인사는 안 하느냐?”

노인이 인자한 목소리로 다그치자 카르는 씩 웃으며 허리를 푹 숙였다.

“어서 오십시오, 스승님!”

『마탑의 영주』 2권에 계속…

斷月劍帝

단월검제

강태훈 新무협 판타지 소설

"나 좀 도와주면
내가 제자가 되어줄게."

당돌한 제자 상천과 그저 그런 사부 종삼의 황당한 만남!

철석같이 신검이라 믿고 익힌 단월검을
진짜 신검으로 발전시킨 검제의 이야기!

달조차 베어버릴
거대한 검의 신화가 열린다!

Book Publishing CHUNGEORAM